지워 줘

나를 지워 줘

이 담 장편소설

차례

홈페이지를 폐쇄합니다

"이름?"

"강, 강모리요."

모리의 심장이 요동쳤다. 손은 땀으로 미끈거렸다. 이름만 물었을 뿐인데 큰 죄를 지은 것처럼 안절부절못했다.

"눈은 왜 자꾸 깜박거려?"

"밤에 잠을 제대로 못……."

"불법촬영물 올리느라 못 잔 모양이지?"

누명을 씌우려는 유도 질문 같았다. 모리는 버럭 소리를 질렀다.

"아니에요!"

"아니면 아닌 거지 소리는 왜 질러? 찔리는 거라도 있어?"

모리는 이번에는 작은 목소리로 "아니에요"라고 대답했다.

그러나 김상욱 형사는 아랑곳하지 않고 질문을 이어 갔다.

"나이는?"

"……열여덟 살이요."

"뭐? 열여덟? 머리에 피도 안 마른 놈이!"

김 형사는 노트북 키보드를 두드리다 말고 모리를 한심하다는 듯이 노려봤다. 모리는 속에서 욱하는 마음이 올라왔다.

"그거 해서 얼마나 벌었냐?"

김 형사는 모니터에 시선을 고정한 채 다시 키보드를 두드리며 물었다.

"백만 원쯤이요."

"밤새면서 한 것 치고는 얼마 못 벌었네."

"정말 아니에요."

"네 녀석이 아무리 아니라고 우겨도 조사하면 다 나와. 압수수색 영장 봤지? 네 컴퓨터도 곧 털어 볼 텐데, 괜히 서로 힘빼지 말고 좋게, 좋게 하자."

"형사님은 한국말 모르세요? 정말 아니라니까요!"

모리 목에 핏대가 섰다. 진짜 범죄를 저지른 사람처럼 취조받는 상황에 화가 났다. 사실 두려웠다. 무슨 말을 해도 김 형사는 듣지 않겠다는 듯이 굴었기 때문이다. 이대로라면 법정에서 재판이라도 받는 게 아닌가 싶었다.

"영상을 올린 게 아니라 지워 준 거예요."

"그 말을 믿으라고?"

김 형사는 키보드에서 손을 뗐다. 팔짱을 끼고 빈정거리는 말투로 말을 이었다.

"막말로 그거 지우려면 일일이 사이트 다 찾아야 하는데, 그게 쉬워? 네 말마따나 찾는다고 쳐. 부모님 동의서 있어야 사이트 관리자나 포털에 삭제 요청할 거 아냐. 그건 어떻게 하고?"

"정말이에요."

"거짓말하면 가중처벌이다."

"진짜라고요!"

김 형사는 한쪽 눈썹을 올리며 모리를 뚫어지게 쳐다봤다. 눈빛으로 기선을 제압하려는 듯했다. 모리는 시선을 피하지 않으려 했지만, 김 형사의 구겨진 미간을 무성하게 덮은 짙은 눈썹이 자신에게 달려드는 기분이 들었다. 결국 고개를 떨구었다. 그때 마우스를 클릭하는 소리가 들렸다.

"너 디지털 장의사였어?"

모니터를 보며 김 형사가 물었다. '흔적지우개가 운영하는 디지털 장의' 홈페이지를 찾아낸 모양이었다. 불법촬영물을 지워 줬다는 말을 이제는 믿어 주겠지. 모리는 안도의 한숨이 나왔다. 그제야 고개를 빳빳하게 들었다.

"아까부터 지워 준 거라고 말했잖아요."

"영상 지워 준다고 하고 재유포한 걸 수도 있지."

"아니라니까요."

모리는 아니라는 말밖에 할 수 없는 상황에 답답해 미칠 지
경이었다.

"디지털 장의사이든 아니든 발뺌할 생각하지 마. 네가 미성
년자들 도와준다면서 불법촬영물 수집한 후에 다시 유포한다
는 고발이 있었으니까."

"증거는 있고요?"

모리의 물음에 김 형사는 잠자코 있었다.

"없죠? 그런 적이 없으니 있을 리가 없죠."

모리는 자신을 변호할 유일한 기회라는 생각에 항변하듯
말했다. 그런데 김 형사가 피식하고 웃음을 흘렸다. 사실을 말
하는데 비웃다니, 모리는 기분이 상했다.

"그래서 죄가 없다?"

영상을 유포하지 않았으니 죄가 없는 게 당연하지 않은가?
모리는 그렇게 생각하면서도 김 형사의 물음에 시선을 피했다.
나쁜 짓을 하다 들킨 기분이 들었다.

"백만 원 벌었다고 했지. 그거 세무서에 신고했어?"

김 형사의 말에 모리는 흠칫했다. 예전에 누가 돈을 벌면 국
가에 신고해야 한다는 말을 해준 기억이 떠올랐다. 신고를 안
하면 불법이고, 자칫 신고를 당하면 벌금을 크게 물어야 한다
고 했다. 모리는 솔직히 '흔적지우개가 운영하는 디지털 장의'

사이트를 운영하면서 세금 문제까지 신경 쓰고 싶지 않았다. 오만 원 정도 받고 하는 일을 세무서에 신고까지 해야 한다는 것이 거추장스럽게 느껴졌기 때문이다. 무엇보다 이 일을 오래 할 생각이 없었다. 목적만 이루면 그만둘 생각이었다.

"물론 신고 안 했겠지?"

"그게 얼마나 된다고요⋯⋯. 겨우 오만 원인데요."

모리는 시치미를 뗐지만 가슴이 두근거렸다. 빼도 박도 못하는 상황이었다. 불법촬영물 유포는 컴퓨터 기록을 조사하면 무죄를 증명할 수 있지만, 세금은 문제가 될 게 분명했다. 그런데 누가 신고했을까? 짐작 가는 사람이 없었다. 혹시 의뢰인 중 한 명일까? 모리는 고개를 저었다. 그 아이들이 그럴 리 없었다.

"요것 봐라. 오만 원씩 열 명이면 오십만 원이고, 백 명이면 오백만 원이다. 그러면 원천징수도 떼고 4대 보험도 들어야 하는데, 넌 어떻게 했어? 돈만 꿀꺽하고 아무것도 안 했잖아. 그런 걸 보통 사람들은 탈세라고 부르지."

"정말 몰랐다니까요⋯⋯."

모리는 끝까지 오리발을 내밀었다. 걱정은 됐지만, 인정하면 당장이라도 유치장에 갇힐 것 같았다. 자신을 노려보는 김형사의 시선을 애써 피했다. 다행히 김 형사는 더는 추궁하지 않았다. 다른 질문 역시 하지 않았다. 키보드만 열심히 두드렸다. 따닥딱딱. 키보드 소리에 맞춰 불안이 물밀듯 밀려왔다.

강모리   홈페이지를 폐쇄합니다

문득 모리는 이래서는 안 되겠다는 생각이 들었다. 도와줄 어른이 필요했다. 제일 먼저 생각난 사람은 할머니였다. 그러나 곧 머릿속에서 지웠다. 일흔이 넘은 할머니가 할 수 있는 일은 별로 없었다. 오히려 경찰서에 불려갔다는 걸 알면 기겁하고 자신의 가슴만 연신 내려칠 게 분명했다. 다음으로 생각난 사람은 담임 선생님이었다. 역시 고개를 저었다. 친구 몇몇은 모리가 디지털 장의사를 한다는 걸 알았지만, 굳이 담임 선생님한테까지 알리고 싶지 않았다. 만약 담임 선생님이 알게 되면 어떤 반응을 보일지 뻔했다. 공부는 제대로 하지 않고 딴 데 정신이 팔렸다며 혼낼 터였다.

자기도 모르게 한숨을 터트리다가 모리는 얼른 입을 다물었다. 김 형사 앞에서 불안해하는 모습을 들키기 싫었다. 다행히 김 형사는 온 신경을 모니터에 집중하고 있었다. 모리는 여유를 부리는 척, 의자에 등을 기대고 한쪽 다리를 쭉 뻗었다. 귀에 익은 목소리가 들린 건 그때였다. 소리가 나는 곳으로 고개를 돌렸다.

"아이고, 이놈의 자식! 내가 너 때문에 심장이 남아나질 않겠어!"

"할머니!"

"모리 이놈아! 집이 엉망이 된 걸 보고 얼마나 놀랐는지 알아?"

모리는 입술을 깨물었다. 어질러진 집을 보고 놀랐을 할머니 모습이 눈앞에 그려졌기 때문이다. 어떻게든 스스로 해결하려던 계획이 어그러졌다.

"뭘 잘못했는지 몰라도 빌어. 백 번이고 천 번이고 빌어!"

할머니가 모리의 등을 때렸다.

"아야! 나 잘못한 거 없어요."

할머니는 모리 말을 듣지 않았다. 김 형사에게 다가가 손을 붙잡으며 간곡하게 말했다.

"형사님, 딱 한 번만 봐주세요. 부모 없이 할미 손에 자라느라 애가 아직 철이 없어서 그래요. 제발 부탁입니다."

할머니가 김 형사에게 애원하는 모습을 보고 있으니 모리는 마음이 더욱 불편했다. 애꿎은 의자 다리를 툭툭 쳤다. 김 형사도 불편한지 난감한 표정을 짓더니 할머니의 손을 슬그머니 떼어 냈다.

"어르신 거기 일단 앉으세요."

할머니가 모리 옆에 앉자 김 형사도 자리에 앉았다. 마침 김 형사 책상에 놓인 전화가 울렸다. 전화를 받은 김 형사는 "네, 네" 하고 답하면서 모리를 쳐다봤다. 수화기를 내려놓은 김 형사가 모리에게 말했다.

"운 좋은 줄 알아라."

모리는 무슨 말인지 몰라 고개를 갸웃했지만, 금방 말뜻을 알아차렸다. 김 형사가 종이 한 장을 출력해 모리와 할머니 앞에 내밀었다.

"어르신, 여기에 서명하시고 손자 데리고 집에 가세요. 크게 드러난 잘못은 없는 걸로 나왔습니다."

모리는 힘이 쭉 빠졌다. 자신의 손을 꼭 잡은 할머니 손이 무겁게 느껴질 정도였다. 그러다가 화가 났다. 이 정도에서 끝날 일을 집 안을 뒤져 가며 압수수색까지 하다니. 참을 수 없었다. 날선 목소리로 김 형사에게 물었다.

"제 컴퓨터랑 핸드폰은요?"

"핸드폰은 바로 돌려줄 수 있는데, 컴퓨터는 나중에 찾으러 와."

"문제없다고 하셨잖아요?"

"큰 문제가 없다고 했지, 전혀 문제가 없다고 하지는 않았다. 돈 받고 기록 지워 준 거, 충분히 문제될 만한 일이야. 불법 촬영물도 지금이야 네가 지운 기록밖에 없지만, 더 조사하다 보면 유포한 흔적이 나올 수도 있고."

"없다니까요."

"네 녀석은 풀어 줘도 불만이냐? 미성년자라서 훈방 조치하는 거구만. 그래도 방심하진 마라. 조사 더 해보고 혐의 발견되면 그때는 사회봉사든 뭐든, 네가 한 일을 책임져야 할 거야. 너 촉법소년도 아니잖아."

모리는 더 따져 묻고 싶었지만, 할머니가 신경 쓰여 입을 다물었다.

"감사합니다. 정말 감사합니다. 얼른 가자 모리야!"

할머니는 김 형사의 말이 무엇을 뜻하는지 알아듣지 못한 듯했다. 허리를 굽혀 인사를 하더니 모리의 손을 잡아끌었다. 할머니의 걸음이 얼마나 빠른지, 모리는 엉거주춤한 자세로 따라가야 했다.

경찰서를 빠져나오자마자 할머니는 걸음을 멈추고 크게 한숨을 내쉬었다.

"할미가 네 어미랑 아비를 잃고부터 사이렌 소리만 들어도 심장이 벌렁거린다. 무슨 말인지 너도 잘 알지? 앞으로 또 여기 올 일은 없으면 좋겠구나. 부탁한다."

모리는 할머니를 말없이 바라봤다. 할머니의 눈가 주름이 평소보다 더욱 깊어 보였다. 눈가도 젖어 있었다. 모리는 입을 꾹 다물었다. 억울함을 설명하는 것이 할머니의 걱정만 더 키울 것 같았다.

모리는 할머니와 택시에 탔다. 옆자리에 앉은 할머니는 다시 모리의 손을 잡았다. 모리는 그 손을 한 번 보고는 고개를 돌렸다. 창밖으로 버스가 지나갔다. 그 뒤를 따르던 오토바이가 쌩하니 버스를 앞질렀다. 모리는 슬쩍 할머니를 봤다. 여전히 자신의 손을 잡은 채 앞을 보고 있었다. 경찰서에서 분명 김 형

강모리　　홈페이지를 폐쇄합니다

사와 자신이 주고받는 이야기를 들었을 텐데 왜 아무것도 묻지 않을까? 할머니가 무슨 생각을 하고 있는지 궁금했지만, 모리는 물어볼 수 없었다.

"도착했습니다."

택시에서 내렸다. 할머니가 모리의 손을 또 잡았다. 엘리베이터를 타고 올라가는 동안에도 마찬가지였다. 현관문을 열 때까지도 할머니는 손을 놓지 않았다.

"방에 들어갈게요."

집에 들어서자마자 모리가 할머니에게 말했다. 할머니를 마주볼 자신이 없기 때문이었다.

"그래. 피곤했지?"

모리는 고개를 끄덕이고는 자기 방으로 들어와 침대에 벌렁 누웠다. 마음이 무거웠다. 고발한 사람이 누구일지 떠올려 보았다. 세금에 관해 잘 아는 걸로 봐서는 어른일지도 몰랐다. 어쩌면 디지털 장의 회사를 운영하는 사람일 수도 있었다. 가격이 업계 평균에 한참 못 미칠 정도로 싸니까. 또 모리가 고작 고등학생이라는 건 모를 테니까.

모리는 핸드폰으로 '흔적지우개가 운영하는 디지털 장의' 홈페이지에 관리자 모드로 접속해 방문자들의 흔적을 살폈다. 혹시 그중에 학교 친구가 있다면, 자신을 질투해 고발하지 않았을까 싶어서였다. 그러나 마땅히 그럴 만한 친구도 없었고,

홈페이지에 별다른 기록도 보이지 않았다. 모리는 핸드폰을 베개 옆으로 던졌다. 양팔을 머리 위로 올리고 눈을 감았다. 이런저런 생각이 머릿속에서 스쳐 지나갔다.

한참 시간이 흘렀다. 할머니도 건넛방에 들어갔는지, 집에서는 아무 소리도 들리지 않았다. 모리는 거실로 나가 볼까 싶었다.

쾅, 쾅, 쫭, 끼이익. 그때 엄청난 굉음이 들렸다. 자동차가 무언가에 부딪치며 부서지는 소리 같았다. 머릿속이 흔들릴 만큼 큰 울림이었다. 그 순간 모리도 뭔가에 부딪치는 듯했다. 모리는 누군가의 몸이 자신에게 닿는 것을 느꼈다.

"악! 엄마!"

누군가 소리쳤다. 익숙한 목소리였다. 공포감이 밀어닥쳤다. 모리는 가슴에 집채만 한 바위가 놓인 것처럼 숨이 쉬어지지 않았다. 몸이 저절로 웅크러졌다. 팔을 모아 얼굴을 가렸다.

"모리야! 모연아!"

이번에는 엄마의 목소리였다. 다급하게 모리를 부르고 있었다. 모리는 입을 떼려 했지만 소리를 낼 수 없었다. 누군가 목을 누르는 것 같았다. 두려움이 밀려왔다. 겨우 손을 뻗었다. 차가운 쇳덩이가 만져졌다. 낯선 촉감에 정체를 확인하려 했지만 눈이 떠지지 않았다. 왜 이러지? 그런데 신기하게도 지금 상황을 모두 볼 수 있었다.

거미줄처럼 금이 간 자동차 유리창이 눈에 들어왔고, 도로는 머리 위에 있었다. 차가 뒤집힌 모양이었다. 모리는 운전석을 살폈다. 팔을 뒷좌석으로 축 늘어뜨린 채 피를 흘리는 엄마와 아빠의 팔이 보였다. 옆 좌석을 봤다. 고꾸라져 있는 아이가 시야에 들어왔다. 손을 뻗어 아이를 건드렸다. 피 범벅이 된 아이가 모리를 바라봤다. 아이는 공포에 질린 표정을 짓고 있었다. 아이의 손이 모리에게 다가왔다. "오빠"라고 중얼거리면서.

모리는 그제야 깨달았다. 꿈이었다. 그 '익숙한 목소리'의 주인은 쌍둥이 여동생 모연이었다. 그날 사고가 났던 때로 돌아간 듯했다. 모리는 끔찍한 사고 현장에서 벗어나려고 소리를 질렀다. 하지만 목울대에서 살려 달라는 말이 뱅뱅 돌기만 할 뿐 내뱉어지지 않았다.

"악!"

겨우 외마디 비명을 터트렸다. 동시에 눈이 번쩍 떠졌다. 모리는 거친 숨을 한꺼번에 토해냈다. 이제는 꾸지 않을 법도 한데……. 다섯 살 때 교통사고가 난 이후로 잊을 만하면 꾸는 똑같은 악몽이었다. 침대에서 일어난 모리는 습관적으로 책상으로 다가가 컴퓨터 전원을 누르려고 팔을 뻗었다. 컴퓨터는 없었다. 아직 경찰서에 있다는 걸, 꿈을 꾸다 보니 잊어버렸다.

"에이 씨."

모리가 방문을 열고 나오자 거실은 컴컴했다. 할머니는 주무시는 모양이었다. 닫힌 문틈에서 빛이 새어 나오지 않았다. 할머니가 저녁식사를 잊을 만큼 기진맥진하는 건 당연했다. 모리 가족의 교통사고 소식을 들은 날부터 할머니는 사이렌 소리만 들어도 긴장하곤 했으니까. 심할 때는 한 발자국도 움직이지 못하고 그 자리에 주저앉기도 했다. 그런 할머니가 경찰서까지 다녀왔으니, 말로 표현할 수 없을 만큼 고통스러웠을 터였다.

부엌으로 간 모리는 냉장고를 뒤적이다가 물통을 꺼냈다. 배는 고프지 않았다. 찬물 한 잔을 마시고 다시 방으로 들어와 침대에 누웠다. 눈을 감았지만 정신은 오히려 맑아졌다. 결국 일어나 외투를 걸쳐 입고 집 밖으로 나왔다. 피시방에라도 가 볼 참이었다.

밤이 늦었는데 거리에는 사람이 많았다. 밤바람은 선선했지만, 모리의 머릿속에는 회오리바람이 불었다. '흔적지우개가 운영하는 디지털 장의' 사이트를 어떻게 해야 할지 결정할 수 없어서였다. 머리로는 폐쇄해야 한다는 걸 알았다. 이번에는 훈방 정도로 끝났지만, 또 문제가 생기면 그냥 풀어 주리라고 자신할 수 없었다. 무엇보다 다시 할머니를 경찰서에 오게 해서는 안 된다. 할머니는 모리에게 남은 유일한 가족이었다.

그러나 모리는 단호하게 마음을 정할 수 없었다. 디지털 장의사를 하게 된 건 교통사고 당시 흔적도 없이 사라진 여동생

　　　　　　강모리　　　홈페이지를 폐쇄합니다

모연을 찾기 위해서였다. 실종신고를 하고 수사도 했지만, 끝내 모연을 찾을 수 없었다. 사고로 죽었다면 주변에서 시신이라도 나왔을 텐데, 시신 역시 발견되지 않았다.

솔직히 다섯 살 때 일어난 일이라 모리는 별로 기억나는 것이 없었다. 모연에 대한 기억은 희미했다. 그리운 것 같기도 하고 아닌 거 같기도 했다. 할머니가 놀이터에서 뛰노는 꼬맹이들을 넋 놓고 하염없이 바라보는 모습을 보지 않았더라면, 쌍둥이 여동생은 그저 기억으로만 남겼을 터였다.

"내가 죽으면 세상에 너 혼자뿐인데 어떡하니. 모연이라도 있으면 의지가 될 텐데."

언젠가 할머니가 모리에게 푸념했다. 그날부터였다. 쓸쓸한 할머니의 목소리를 들으며 모리는 모연을 찾아야겠다고 결심했다. 할머니가 없으면 정말 이 세상에 혼자 남겨질 것이다. 모리는 그 사실이 끔찍했다.

모연을 찾기 위해 모리가 처음한 건 인터넷에서 '실종아동 찾기'를 검색하는 것이었다. 그때 사진이나 지문, 유전자를 대조해 찾는다는 걸 알게 됐다. 그래서 경찰서를 찾아가 자신의 유전자를 등록하면서 희망을 내비쳤지만, 돌아온 것은 남매의 유전자 일치도는 최대 50퍼센트밖에 되지 않으니 큰 기대는 하지 말라는 대답이었다.

주변에서는 모연이 없다고 생각하라고 했지만, 그럴 수 없었다. 모리는 인터넷을 끊임없이 검색했다. 그러다 연관이 있어 보이면 모르는 사람일지라도 그 사람의 SNS를 뒤적였다. 모래사장에서 바늘 찾기 같은 일이라는 걸 알았지만 이것이라도 해야 했다.

그러던 어느 날이었다. 링크를 타고, 타고 들어간 한 사이트에서 모연이 지금 나이면 이런 모습이지 않을까 싶은 여자아이 사진을 발견했다. 혹시나 하는 마음에 이미지 검색을 통해 링크를 타고 들어가 보니, 불법촬영물을 유포하는 사이트가 나왔다. 그 여자아이의 얼굴이 벌거벗은 몸과 합성되어 돌아다니고 있었다. 모리는 순간 당황하면서도 모연이 뒤이어 떠올랐다.

모리는 그 사진을 없애 주고 싶었다. 하지만 뭘 해야 할지 몰랐다. 손 놓고 지켜볼 수도 없었다. 겨우겨우 그 여자아이의 SNS인 페인트그램 계정을 찾아 사진의 링크와 지우라는 말을 덧붙여 디엠을 보냈다. 답변은 오지 않았다. 나중에야 읽음 표시만 되었다. 모리는 이 정도면 자신이 할 수 있는 일은 다 했다고 생각했지만, 그 애 얼굴이 지워지지 않았다. 모연도 계속 떠올랐다. 여자아이를 도울 방법을 찾아야 했다.

디지털 장의사라는 직업을 알게 된 것은 그때였다. 한 디지털 장의 서비스 업체 사이트에 처음 들어간 날, 메인에는 디지털 장의사의 인터뷰가 띄워져 있었다. 악플이나 불법촬영물을 지우기 위해서는 인터넷에 퍼진 기록을 먼저 모아야 한다는 문장이 모리의 눈에 박혔다. 인터뷰 기사를 모두 읽자, 이 일을 하다 보면 언젠가는 모연의 기록도 찾을 수 있지 않을까 하는 생각이 번뜩 들었다.

걷다 보니 어느새 눈앞에 피시방이 보였다. 모리는 계단을 올라가 문을 열었다. 피시방은 조용했다. 구석 자리에 앉아서 모니터를 뚫어지게 쳐다봤다. 마우스를 클릭하자 검은색 바탕 위로 '흔적지우개가 운영하는 디지털 장의'라는 글자가 떠올랐다. 어설프고 촌스러운 홈페이지였다. 굳이 멋지게 만들 필요가 없다는 생각으로 직접 만든 것이었다. 중요한 건 무엇을 하느냐이니까.

모리는 관리자 모드로 들어가 비밀번호를 입력했다. 로그인에 성공하자 비밀글 여러 개가 펼쳐졌다. 모두 디지털 장의 서비스를 이용하고 싶다는 글이었다. 모리는 그 글들을 읽으면서 지나간 시간을 떠올렸다. 도와 달라는 말을 모두 들어주지는 못했다. 디지털 기록을 지우는 데는 물리적인 시간이 많이 들어가기 때문이다. 모리는 언젠가부터 그들에게 미안함을 느꼈다. 말로 정확히 설명하지 못할 책임감도 느꼈다. 방명록에 등록된 '덕분에 살 수 있을 것 같다', '살 수 있게 해줘서 고맙다'와 글을 볼 때면 왠지 모르게 눈가가 뜨거워지며 위로받는 기분이 들었다.

모리는 의자에 등을 깊이 묻고 눈을 감았다. 경찰서에서 취조받던 순간을 생각하자 사색이 된 할머니 얼굴이 떠올랐다. '흔적지우개가 운영하는 디지털 장의' 사이트에 남겨진 글들도 머릿속에 둥둥 떠다녔다.

모리는 눈을 뜨고 길게 숨을 내쉬었다. 키보드에 손을 올리고 F12 키를 눌렀다. html로 이루어진 프로그램 코딩 내용이 화면에 나타났다. 모리는 body 영역에 새로운 프로그램을 타이핑했다. 곧 프로그램 코딩 영역의 창을 닫았다. 홈페이지로 돌아가 새로 고침을 눌렀다. 검은색 메인 화면 위로 알림 문구가 떠올랐다.

오늘부로 '흔적지우개가 운영하는 디지털 장의'는 문을 닫습니다.
그동안 감사했습니다.

리온의 부탁

오전 수업이 끝나자 아이들은 너나 할 것 없이 급식실로 향했다. 대부분이 계단을 뛰다시피 내려갔다. 모리도 그들 사이에 섞여 계단을 내려갔다. 일 층 복도 끝 급식실 앞에는 길게 줄을 선 아이들로 어지러웠다.

"뭐 보냐?"

먼저 와 줄을 서 있던 수석의 어깨에 팔을 두르며 모리가 물었다. 수석의 진짜 이름은 최수성이지만, '수석'이라는 별명이 붙었다. 수석은 일등이라는 별명만큼 공부를 잘하진 못했지만, 학교 소식에 있어서는 단연 수석이었다. 학교 정보통이었다.

수석은 모리가 볼 수 있게 핸드폰을 내밀며 이어폰 한쪽을 건넸다. 이어폰을 귀에 꽂은 모리가 핸드폰 화면 속 영상으로 시선을 옮겼다. 속삭이는 듯한 노랫소리가 흘러나왔다. 멜로디가 슬펐다. 모리는 곧바로 이어폰을 뺐다. 우울한 노래는 질색이었다.

"그러지 말고 더 들어 봐. 이거 리온이야."

수석은 이어폰을 잡아 다시 모리 귀에 꽂았다. 모리는 어쩔 수 없이 노래를 들었다. 수석이 다시 영상을 처음부터 재생했다. 음악이 흘러나왔다.

리온은 마치 말하듯이 노래를 불렀다. 그러다가 클라이맥스에서는 모든 에너지를 다 터트리듯이 내질렀다. 울부짖는 맑은 목소리가 더욱 마음에 파고들었다. 노래가 끝난 뒤에도 여운이 잔파도처럼 모리의 귓가에 맴돌았다. 모리는 멜로디가 익숙하다고 생각했다. 이렇게 오래된 노래를 자신이 알 리 없는데 말이다.

"어때? 리온이 오졌지?"

"오디션 나가려면 이 정도는 해야 하는 거 아니야?"

호들갑 떠는 수석을 보며 모리는 괜히 비딱하게 말했다.

"이 정도가 아니라 엄청나게 잘하는 거야. 듣다가 나도 모르게 눈물이 나더라니까."

"그래?"

수석은 모리의 기계적인 되물음을 관심이라고 여겼는지 눈을 반짝이며 들뜬 목소리로 말을 이었다.

"슬픈 노래 부르는데 몸매는 또 지려. 매력 진짜 장난 아니지 않냐? 교복 입은 것만 보다가 원피스 입을 걸 보니까……."

수석은 말을 하면서도 웃음을 숨기지 못하고 헤벌쭉거렸다. 모리도 리온이 〈K-아이돌스타〉라는 텔레비전 오디션 프로그램에 참가자로 나온다는 걸 알고 있었다. 리온은 출중한 실력으로 톱10에 오르면서 언론은 물론 학교에서도 스타 대우를 받았다. 학교는 온통 리온의 이야기로 가득했다. 모이기만 하면 리온의 재능과 외모를 두고 칭찬과 품평을 늘어놓았다. 리온이 등교라도 하는 날에는 리온을 구경하러 몰려온 아이들로 8반 안팎이 복잡해질 정도였다.

모두가 리온의 움직임 하나하나에 주목했다. 그러다 보니 모리가 모르려야 모를 수 없었다. 하지만 모리는 그 프로그램을 제대로 본 적은 없었다. 관심도 없었고, 학교에 있는 시간을 제외하고는 악플과 불법촬영물을 삭제하는 일로 바빠 다른 데 신경 쓸 시간이 없었기 때문이다.

"아 맞다! 너 무슨 사고쳤어?"

수석이 갑자기 생각났다는 듯 모리의 어깨를 툭 쳤다.

"뭔 소리야……."

모리가 수석의 눈을 피하며 말끝을 흐렸다.

"맞네. 사고 쳤네. 대체 무슨 사고를 친 거야?"

"근데 너 어떻게 알았어?"

"어제 너네 할머니가 전화 하셨어. 너 요즘 학교에서 어떻게 지내는지 캐물으시더라. 그때 네가 사고 쳤다는 걸 직감했지. 그래서 대체 뭔 일인데?"

"흔적지우개 사이트 때문에 경찰서 잠깐 다녀온 거야."

수석의 끈질긴 물음에 결국 모리는 입 밖으로 사실을 털어 놓고 말았다.

"경찰서? 미쳤다. 근데 그 사이트가 왜? 네가 뭘 잘못했다고?"

"그러게 말이다."

모리는 고민했다. 누군가 자신을 고발했다는 것만으로도 놀랄 일인데, 탈세 문제까지 수석이가 알면 이것저것 물어 올 게 분명했다.

"점심 먹고 말해 줄게."

대화가 끝나자 줄이 어느새 많이 줄었다. 배식구가 점점 가까워졌고, 복도에 서 있던 모리와 수석은 급식실 안으로 들어섰다. 그때 미톡 알림음이 들렸다. 모리는 주머니에서 핸드폰을 꺼내 확인했다. 진욱이 8반 남학생만 있는 단톡방에 보낸 톡이었다. 아무런 메시지 없이 영상 하나만 달랑 첨부돼 있었다. 톡을 확인했다는 읽음 표시가 빠르게 사라져 갔다. 모리는 영상의 재생 버튼을 터치했다.

"미친."

모리는 자기도 모르게 욕이 먼저 튀어나왔다. 영상 속 진욱은 상의를 걸치지 않은 채 활짝 웃고 있었다. 핸드폰 카메라 렌즈를 보면서 손가락으로 브이를 하고 있었는데, 문제는 진욱의 뒤에 있는 여자아이였다. 여자아이는 속옷만 입고 침대에 앉아 있었다. 브이 자를 그린 두 손을 머리에 올리고 손가락을 살짝 굽혀 가며 고개를 갸우뚱거렸다.

모리는 고개를 들어 진욱을 찾았다. 진욱은 아무 일 없다는 듯 웃고 떠들며 밥을 먹고 있었다. 지난번에도 비슷한 일이 있었다. 그때도 모리는 '쓸데없는 일을 벌이지 말라'고 경고했지만, 진욱은 들을 마음이 없어 보였다. 되레 "그깟 디지털 장의사 한다고 무슨 정의의 사도나 되는 것처럼 구네"라며 비아냥거렸다.

하기야 진욱은 무서울 게 없었다. 아빠는 검사, 엄마는 유명한 대학의 교수였다. 진욱이 사고를 쳐도 부모님이 학교에 한번 오고 나면 유야무야됐던 일이 한두 번이 아니었다. 물론 피해자는 늘 진욱이 아니라 상대방이었다. 8반의 무법자가 바로 진욱이었다. 모리는 고개를 돌려 수석을 봤다. 진욱이 보낸 영상을 돌려 보고 있었다. 모리는 수석의 핸드폰을 빼앗아 영상을 삭제하면서 나지막하게 욕을 내뱉었다.

"미친놈."

"내가 왜 미쳤냐? 지극히 정상이지."

"정상? 정진욱은 이딴 영상 왜 자꾸 찍어서 올리는 거래?"

"몰라서 물어? 그냥 재미잖아."

"이 여자애가 네 여동생이래도 재미로 볼 수 있어?"

모연과 닮은 여자아이가 불법촬영물 사이트에서 모욕당하는 걸 본 이후로 모리는 달라졌다. 죄책감을 느꼈다. 이전까지 별다르게 생각하지 않았던 불법촬영물과 같은 성착취물이 누군가에게는 고통이라는 당연한 사실을 그때서야 깨달았다.

배식을 받은 모리는 급식판을 들고 빈자리를 찾아 걸었다. 뒤에서 수석이 불렀지만 돌아보지 않았다.

"아!"

그때 모리는 반대쪽에서 걸어 나오던 현준과 부딪혔다. 현준은 이어폰을 낀 채 한 손에 다 먹은 급식판을 들고, 다른 손에 든 핸드폰 화면을 들여다보고 있었다. 두 사람이 부딪히면서 현준이 들고 있던 급식판에 조금 남아 있던 국물이 모리의 옷에 튀었다.

"아, 미안. 어떡하냐……."

"아직도 그 버릇 못 고쳤냐?"

현준은 모리의 말이 무슨 뜻인지는 모르는 듯했다. 멍하니 있다가 급식판을 내려놓고 휴지를 가져와 모리 옷에 튄 국물 자국을 닦았다.

"됐어."

모리는 현준의 손을 뿌리치고 근처 빈자리에 앉았다. 현준은 바닥에 내려놓았던 급식판을 퇴식구에 가져다 놓았다. 그리고 다시 돌아와 모리의 어깨를 툭툭 건드렸다. 모리는 아직도 볼 일이 남았냐는 표정으로 현준을 올려다봤다.

"야동 본 거 아니야. 네가 왜 그런 오해하는지는 알겠는데, 이제 그런 거 안 해."

"정진욱이 단톡방에 보낸 영상 보고 있었잖아."

"어? 그렇기는 한데, 야동은 아니잖아."

모리는 헛웃음이 나왔다. 여자아이가 침대에 있긴 해도 완전히 벗고 있지는 않았다. 어쨌든 속옷을 입고 있었다. 두 사람이 어떤 행위를 한 것도 더더욱 아니었다. 그러나 그 장면이 무엇을 뜻하는지 아이들은 다 알았다. 여자아이도 자신이 나오는 영상이 남학생들만 있는 단톡방에 올라가리라고는 예상하지 못했을 터였다. 명백히 불법촬영물이었다.

모리는 화를 억누르며 말했다.

"그 영상 보면서 히죽거리는 모습이 전이랑 똑같던데?"

현준은 지독한 악플러였다. 맹목적인 비난과 조롱을 담아 댓글을 달았다. 모리가 현준의 정체를 알게 된 것은, 불법촬영물을 유포하고 소비한 이들을 처벌한다는 법이 시행된다는 뉴스 때문이었다. 현준은 그 뉴스에 겁을 먹고 '흔적지우개가 운영하는 디지털 장의'에 글을 올렸다. 자신의 디지털 기록을, 그간의 흔적을 지워 달라고 의뢰한 것이다.

현준은 성적 스트레스로 가끔 영상을 보고 악플을 단 것이라며 사정했다. 모리는 전교 일등인 현준이 구역질하는 모습을 몇 번 본 기억이 있었다. 무엇보다 현준이 자신의 잘못을 절실하게 반성하는 모습을 보여 주었기에 문제가 될 만한 기록을 지워 주기로 약속했다. 하지만 현준이 쓴 악플들을 찾아보면서 놀랄 수밖에 없었다. 악플은 수도 없이 많이 달렸고, 일반 기사에서도 해당 연예인이나 일반인을 욕보이는 말을 서슴없이 했다. 불법촬영물을 내려 받은 흔적 또한 상당했다.

현준의 얼굴이 굳어졌다. 모리는 사과하고 싶지 않았다. 도둑이 제 발 저리는 거니까. 현준은 더는 말하지 않고 자리에서 사라졌다. 모리 옆에 앉았던 수석이 그제야 말을 붙였다.

"너무 예민하게 구는 거 아냐? 애들이 이런 영상 한두 번 보는 것도 아니고. 그리고 솔직히 이 정도는 아무것도 아니지. 다 벗은 것도 아니고."

모리는 수석을 본 체도 하지 않고 비빔밥을 비비며 말했다.

"영상 속 그 여자애는 배우가 아니라고."

"꼰대 같은 소리 하지 마. 어차피 난 모르는 애야. 그냥 진욱이 여친인가 보다 하는 거지. 그리고 막말로 침대에서 포즈 취한 거 봐. 누가 봐도 영상 찍는 거 알았다."

"말을 말자. 밥이나 먹어라."

모리는 더는 대꾸할 가치를 느끼지 못했다. 숟가락으로 퍽 퍽 밥을 비벼 입에 넣었다. 다시 한 입 먹으려다가 리온의 노래 영상에 눈을 떼지 못하는 수석을 보고 고개를 저었다. 리온이 모리 앞에 앉은 것은 그때였다.

"안녕."

뜬금없는 인사에 모리는 리온을 쳐다보기만 했다.

"어! 안녕."

오히려 수석이 리온에게 인사했다. 우우우! 환호와 야유 섞인 소리가 여기저기서 터져 나왔다. 급식실이 갑자기 소란스러워졌다. 주변의 시선이 모리에게 향했다.

"같이 먹으려고."

"나야 좋지."

수석이 얼굴을 붉히며 대답했다.

"모리야, 많이 먹어."

리온은 수석의 말에 아무런 반응을 보이지 않고 다시 모리에게 말을 걸었다.

"나는?"

수석이 마치 어린아이가 질투하듯 묻자 리온이 빙그레 웃으며 말했다.

"너도 많이 먹어."

모리는 자기에게 쏠린 이목이 불편했다. 주변에서 수군대며 힐끔거리는 것이 느껴졌다. 서둘러 밥을 먹었다. 급식판 바닥이 금세 드러났다. 모리가 자리에서 벌떡 일어났다.

"다 먹었어? 나는 아직 남았는데."

"마저 먹어."

모리는 리온의 말에 무뚝뚝하게 답하고 빠르게 배식구로 가서 급식판을 밀어 넣고 밖으로 나왔다. 수석도 금세 쫓아와 모리의 목을 팔로 휘감았다. 그 자세로 수석은 방향을 바꾸어 걷기 시작했다. 모리는 수석이 하는 대로 놔두었다. 보나 마나 매점일 터였다. 예상은 틀리지 않았다. 두 사람은 매점에서 빵을 사서 등나무 벤치가 있는 곳으로 향했다. 수석은 벤치에 다다르기 전에 빵을 다 먹었다. 이제 모리가 먹던 빵을 가로채려 했다. 그때 누군가 모리의 이름을 불렀다.

"강모리!"

모리는 소리가 나는 쪽으로 고개를 돌렸다.

"또 리온이네."

수석이 기뻐하는 목소리로 말했다. 수석의 귀가 빨갛게 변해 있었다.

"할 말 있어?"

이번에는 모리가 물었다. 평소에는 인사도 잘 하지 않는 사이였는데, 급식실부터 여기까지 자신을 찾아온 데는 뭔가 이유가 있을 거라는 생각이 들었기 때문이다.

"얘기 좀 하고 싶은데."

"나야 좋지. 지금 할까?"

리온의 말에 수석이 빙긋 웃으며 대답했다.

모리는 슬쩍 미소를 지었다. 정보통인 수석에게 없는 것이 눈치였다. 급식실에서도 지금도 리온은 모리를 불렀는데, 대답은 수석이 하고 있었다.

"수석아 미안한데, 나 모리한테 따로 할 말이 있어. 자리 좀 비켜 줄래?"

"아! 모리. 그렇구나! 아, 알았어."

그제야 수석은 자신이 김칫국을 마셨다는 걸 깨닫고 뺨이 붉어졌다. 뒷머리를 긁적이고는 모리의 어깨를 툭 치며 말했다.

"먼저 들어간다."

수석이 멀어지자 리온이 모리 앞으로 한 걸음 더 다가왔다. 모리의 눈에 리온이 확대돼 보였다. 키는 165센티미터쯤 되어 보였고, 얼굴은 희고 조그마했다. 뺨은 옅은 분홍빛으로 생기가 돌았다. 누가 봐도 예쁘장한 얼굴이었다.

무슨 이야기를 하려는 걸까? 고백이라도 하려는 건가. 모리는 난감했다. 혹시라도 고백한다면 뭐라고 해야 할지 몰랐다. 거절하자니 그것도 예의가 아닌 것 같았다. 무엇보다 모리는 리온에 대해 깊게 생각해 본 적이 없었다. 같은 반이었지만 이제까지 열 마디도 나누지 않았다.

"할 말이 뭔데? 혹시 고백이라면, 그런 거 안 받는다."

"내가 싫어?"

모리가 선수를 치자 리온이 되물었다.

"그렇다기보다는…… 됐고, 정말 고백하려는 거야?"

리온의 얼굴에 미소가 번졌다. 모리는 그 미소를 보면서 고백은 아니구나 싶었다. 안도감이 들면서도 마음 한편으로 내심 아쉬웠다.

"현준이가 너 디지털 장의사라고 하던데, 맞아?"

리온의 물음에 모리는 리온이 왜 자신을 찾아왔는지 알 수 있었다.

"그래서?"

"도와줘."

리온은 돌려 말하지 않았다.

"이젠 안 해."

"알아. 그것도 현준이한테 들었어. 오늘 아침에 네가 운영한다는 사이트 들어가 봤는데 닫았더라. 그래서 직접 널 찾아온 거야."

"정말로 안 해. 아니 못 해. 사정이 생겼어. 그러니까 다른 데 찾아봐. 전문가 찾아가는 게 너한테도 좋을 거야. 그래봐야 난 아마추어니까."

"정말 안 돼?"

"안 돼."

리온의 얼굴에 그늘이 졌다. 수심에 찬 굳은 표정으로 입술을 깨물었다. 모리는 그 모습을 보며 자신도 모르게 미간을 찌푸렸다. 얼마나 힘을 주는지 입술에서 금방이라도 피가 날 것 같았다.

리온은 한 발자국 더 다가서서, 덥석 모리의 손을 잡았다. 모리는 그 손을 뿌리쳤다. 누가 봤을까 두리번거리며 뒤로 한 발자국 물러섰다. 리온의 손은 모리가 뿌리친 그대로 그 자리에 멈춰 있었다. 제자리를 찾아갈 방법을 까먹은 듯이. 모리는 잠시 마음이 흔들렸다.

"제발 부탁할게. 나 좀 살려 줘."

리온은 기도하듯 맞댄 손바닥을 턱까지 올리며 부탁했지만, 모리는 "미안해"라는 한마디로 거절했다. 모리는 리온의 절실한 마음을 이해하면서도 한편으로는 납득하지 못했다. 디지털 장의 서비스가 필요하다면 자기 말고도 더 유명한 업체가 많았다. 굳이 왜 같은 반인 자신을 찾아와 거절하는데도 이렇게까지 매달리는지 알 수 없었다.

마침 점심시간의 끝을 알리는 종이 울렸다. 모리는 오히려 다행이라고 생각했다.

"종 쳤어."

모리의 말에 리온이 힘없이 고개를 끄덕였다. 모리가 앞서 교실로 향했고, 리온이 뒤따라 걸었다. 단호히 거절했지만 모리는 리온이 신경 쓰였다. 자리에 앉은 모리는 책을 꺼내 놓고 선생님을 기다리다가 문득 오른쪽 대각선 앞쪽에 앉은 리온을 봤다. 뒷모습마저 불안해 보였다. 모리는 책상 아래에서 핸드폰으로 인터넷 검색창에 '윤리온'을 검색했다. 그러자 리온의 사진과 영상과 함께 여러 개의 기사가 떴다. 기사에는 댓글이 많이 달려 있었다.

　　－ 윤리온이 내 원픽. 목소리 역대급인 듯.
　　－ MC 보는 아이돌한테 엄청 꼬리치던데. 눈웃음에 색기 있음.
　　－ 우리 아빠가 윤리온 노래 부르는 거 넋 놓고 보더라.
　　－ 역시 톱10 클래스는 다르네.
　　－ 옆구리 살 삐져나왔는데? 완전 돼지네. 불룩불룩ㅋㅋㅋㅋ

　응원하는 내용도 있었지만 잘 알지도 못하면서 악의적으로 쓴 댓글도 흔했다. 모리는 리온과 친하지는 않아도 실제 리온과 댓글에서 이야기하는 리온이 다르다는 건 알았다. 고개를 갸웃거리며 한참 댓글을 읽어 나갔다. 그러다가 한 댓글에 시선이 멈췄다.

　　－ 얘 ㅊㄴ임. 심사위원이랑 그렇고 그런 사이라는 소문 아는 사람은
　　　다 알고, 강남 프롬미라는 술집에서도 유명했음.

근거 없는 댓글이었지만 술집 이름까지 써놓아 마치 사실처럼 보였다. 모르는 사람들이 보면 이 말도 안 되는 이야기를 믿을 것 같았다. 댓글 아래에는 또 다른 댓글이 달려 있었다.

– 그런 말은 나도 하겠네. 그게 진짜라는 걸 어떻게 믿음?
└, 윤리온 반지가 증거. 그 심사위원이 운영하는 기획사 연습생도 똑같은 반지 끼고 다녀. 내가 걔 알거든ㅋ 걔가 말하길 그 반지 심사위원이랑 자면 주는 거라던데?
└, 증거 없이 허위 사실 유포하네. 님 신고함.
└, https://www.paintgram.com/profile.
php?id=1234567834

모리는 호기심에 링크를 클릭했다. 누군가의 페인트그램이 열렸다. 피드에 춤 연습하는 사진이 잔뜩 올라와 있는 걸 보니 아이돌 연습생인 듯했다. 음료수를 마시는 사진에서 손가락에 낀 반지가 보였다. 리온이 오디션에서 노래를 부를 때 꼈던 반지와 언뜻 비슷해 보였다. 하지만 반지가 증표일 리 없었다. 미성년자와의 잠자리를 증거까지 남기는 어른은 없을 테니까.

그러나 사실과는 별개로 리온은 인터넷에서 '문란한' 여자아이로 낙인찍히고 있었다. 페인트그램 사진에 올라온 연습생의 반지가 연결고리가 되면서 이야기는 그럴 듯하게 부풀려졌다. 게다가 프롬미라는 구체적인 술집 이름도 거론됐으니. 네티즌이 시나리오를 쓸 단서는 다 나온 셈이다. 소문이 눈덩이처럼 불어나는 건 시간문제처럼 보였다.

진짜 친구

다음 날 오후, 모리는 경찰서에서 나와 버스 정류장을 향해 걸었다. 컴퓨터를 언제 돌려받을 수 있을지 물어보려고 경찰서로 몇 번이나 전화를 걸었지만, 조사를 맡았던 김상욱 형사는 그때마다 자리에 없었다. 직접 물어봐야겠다 싶어 경찰서로 찾아갔지만, 김 형사는 없었다. 그래도 다른 형사에게서 컴퓨터는 이삼 일 내로 돌려받을 거란 말을 들을 수 있었다.

핸드폰 진동이 울렸다. 리온이었다. 모리는 전화를 받고 싶지 않아서 그대로 두었다. 벨 소리가 멈췄지만 금세 다시 울렸다. 집요하게 울리고 끊어지기를 반복했다.

"여보세요."

"도와줘. 이러다 죽을 것 같아. 너만 할 수 있는 일이야."

모리는 죽을 것 같다는 말에 미간이 찌푸려졌다. 악플도 이겨 내지 못한다면 오디션 프로그램에 나가지 말았어야 한다고 생각했다. 대중 앞에 서려면 시기와 질투를 견뎌야 하고, 심심풀이 땅콩처럼 입방아에 오르는 걸 감수해야 한다고 여겼다. 그러나 리온의 말이 자꾸 아픈 기억을 건드렸다. 첫 의뢰인이 마지막으로 남긴 말이 '죽을 것 같다'였기 때문이었다.

'흔적지우개가 운영하는 디지털 장의'의 첫 의뢰인은 당시 열다섯 살이었던 선우해연이었다. 해연은 부모님 동의서가 필요하다는 모리의 말에 죽을 것 같다고 말했다. 모리가 부모님 동의서 없이는 방법이 없다고 하자, 알았다고 말하고는 한동안 연락을 주지 않았다. 기다리다 못한 모리가 먼저 해연에게 전화를 걸었다. 그러나 수화기 너머 들린 목소리는 해연이 아니었다. 해연의 엄마는 울면서 힘겹게 해연의 자살 소식을 전했다. 모리는 말문이 막혔다. 눈앞이 하얘졌다. 심장이 더럭 내려앉는 기분이었다. 죽을 것 같다는 말이 진짜였다는 게 믿어지지 않았다.

해연의 엄마는 딸이 갑작스럽게 죽은 이유를 알아내고자 모리에게 이것저것을 물었다. 모리는 잘 모르겠다고 얼버무리고 서둘러 전화를 끊었다. 머릿속이 멍해져 잠깐 동안 움직일 수 없었다. 그날 이후 죽을 것 같다는 말이 가슴속에 박혀 버렸다. 어쩌다 해연을 떠올리면 누군가가 심장에 망치질을 하는 느낌이 들었다.

그래서였다. 모리가 더는 리온을 모른 체할 수 없었던 건. 무슨 사정인지 들어 보기라도 하자는 마음으로 리온에게 전화를 걸었다.

"어디로 가면 돼?"

"진짜야? 고마워."

"인사는 됐어. 거기 어디야?"

"내가 갈게. 네가 사는 동네 잘 알아. 지하철 출구 나오면 바로 보이는 카페에서 보자."

"응."

집으로 가는 버스는 금방 도착했다. 모리는 버스 맨 뒤 창가 자리에 앉았다. 핸드폰으로 리온의 노래 영상을 찾아 틀었다. 영상의 조회수가 30만이 넘어가고 있었다. 영상이 끝나자 모리는 다시 처음부터 돌려 보았다. 창밖에 시선을 두고 리온의 노래를 듣고 또 들었다.

버스가 신호를 받고 잠시 멈췄다. 양복을 입고 바삐 걷는 사람과 커다란 가방을 멘 학생이 지나가고 있었다. 그들 뒤로 엄마와 팔짱을 끼고 걸어가는 중학생쯤 되어 보이는 여자아이가 눈에 들어왔다. 여자아이는 엄마에게 뭐라고 재잘거리며 즐거워했다. 모리는 언뜻 머릿속에 엄마의 얼굴이 스쳤다. 맞다. 엄마의 목소리였다. 리온의 목소리는 엄마의 목소리와 꽤 닮았다. 리온이 부르는 노래가 귀에 익었던 건, 엄마가 자주 부르던 노래였기 때문이다. 이 사실을 깨닫자 리온의 노랫소리에서 엄마가 느껴졌다.

내려야 하는 정류장을 알리는 안내음이 나오자 모리가 하차 벨을 눌렀다. 버스에서 내려서 지하철역을 향해 걸었다. 카페는 어렵지 않게 찾을 수 있었다. 문을 열고 들어서니 내부가 한눈에 들어왔다. 테이블은 일고여덟 개 정도 되어 보였다. 도로와 접한 유리창을 따라 긴 테이블이 놓였고, 벽면 중앙에는 거미집 모양의 장식품이 달려 있었다. 드림캐처였다. 모리는 그 속에서 리온을 찾았다. 오른편 구석 벽을 보는 자리에 앉아 고개를 파묻고 있었다. 뒤통수만 보였지만 리온이라는 걸 알 수 있었다. 모리는 리온의 반대편 자리에 앉았다.

"고마워."

모리가 의자에 앉자마자 리온이 말했다. 리온은 검은색 모자를 깊게 눌러 쓰고 마스크로 얼굴의 반을 가리고 있었다.

"이야기 들어 달라고 해서 온 것뿐이야."

"어쨌든 고마워. 뭐 마실래? 나 때문에 온 거니까 내가 살게."

리온은 카운터로 가 주문을 하더니, 음료를 받아 들고 자리로 돌아와 앉았다. 그리고는 빨대로 레모네이드를 쭉 빨아 마시면서 시선을 창밖으로 돌렸다. 침묵이 이어졌다. 리온이 주저하는 듯했다.

"말해 봐."

기다리던 모리가 재촉했다.

"할게."

리온은 아랫입술을 깨물며 이번에는 시선을 잔으로 옮겼다. 모리는 며칠 전 학교에서 자신을 보면서 입술을 깨물던 리온의 모습이 떠올랐다. 그때처럼 모리의 미간이 찌푸려졌다.

"엄마에게 말할 수 없는 사정이 있어. 그래서 네 도움이 필요한 거야."

"사정이 뭔데?"

"그게…… 그러니까 뭐냐면, 우리 엄마는 나를 낳아 준 엄마가 아니야. 나 어릴 때 입양됐거든."

모리의 눈이 커졌다. 곧 머릿속에 어떤 생각이 스쳤다. 리온과 엄마는 목소리가 닮았다. 가만히 보니, 사진을 보고 기억하는 엄마의 얼굴과 어딘가 닮아 보이기까지 했다. 모리는 자꾸만 모연이 떠올랐다. 어쩌면 리온이 모연은 아닐까? 말로 표현할 수 없는 감정이 파도처럼 밀어닥쳤다. 입술이 바짝 말랐다.

"그 소문, 너도 알 거야. 반지."

리온은 조심스럽게 말을 꺼냈다. 심사위원과 얽힌 말도 안되는 소문 이야기였다. 잠시 숨을 고른 리온은 레모네이드를 한 모금 마시고 다시 말을 이었다.

"엄마는 아직 몰라. 소문이 아직은 크게 퍼지지 않았거든. 다행인 건 엄마랑 서로 댓글은 보지 않기로 약속했어. 엄마가 한 번 보고는 정신 건강에 해롭다면서 보지 말자더라. 그렇다 해도 반지에 관한 헛소문이 계속 퍼져 나가니까 모른 척하기가 힘들어. 혹시라도 엄마가 알면 분명 자기 탓을 할 거야. 엄마가 아파하는 건 죽어도 못 봐. 그래서 네게 부탁하는 거야. 너라면 비밀 끝까지 지켜 줄 것 같아서."

모리는 애써 침착함을 유지했다. 언제 입양됐는지, 몇 살 때부터 보육원에서 자랐는지, 묻고 싶은 것이 많았지만 꾹 눌러 참았다. 어쩌면 우리가 남매일지 모른다고 말하고 싶었지만, 지금은 그럴 수 없었다. 리온은 인터넷에 유포되는 헛소문과 악플로 고통받고 있었다. 모든 걸 해결한 뒤에 물어도 늦지 않을 것이다.

"오디션 프로그램에서 하차하면 되잖아. 한동안 시끄럽겠지만, 그것도 잠시일 거야. 그 시간만 견디면 더는 사람들 입방아에 오르내리지도 않을 거고. 그럼 예전으로 돌아갈 수 있어."

"그건 안 돼. 날 낳아 준 사람, 나를 찾지 않는 친엄마를 만나야 해."

"지금 엄마가 널 사랑하지 않으셔?"

"아니야. 넘칠 만큼 사랑해 주셔,"

"그럼 왜?"

"친엄마를 찾아서 물어보고 싶어. 왜 날 버렸냐고."

주저하던 리온은 말문을 떼자 의외로 담담하게 자신의 이야기를 했다. 모리는 그런 리온에게 조금 놀라며 귀를 기울였다.

"지금 엄마가 나를 얼마나 사랑하는지 아는데 이상하게 채워지지 않는 부분이 있어. 엄마가 내게 주어진 공짜 행운 같아. 애초에 난 사랑받지 못하는 사람으로 태어났는데, 그 불행을 잘 피해서 사는 기분이야. 그래서 이 행운이 언젠가 느닷없이 끝날 것 같아. 낳아 준 사람을 만나서 날 왜 버렸는지 직접 물어봐야 이 불안이 끝날 것 같아."

"못 찾으면?"

"그래서 스타가 되고 싶은 거야. 그런 일 흔하잖아. 어릴 때 자길 버린 부모가 자기가 유명해지니까 찾아왔다는 이야기. 내가 일단 유명해지면 친엄마도 나를 찾지 않을까? 난 그럴 거라고 봐."

"그래도 안 찾아오면?"

"그건 그때 생각할래."

"친엄마를 찾으면, 지금 엄마에게 미안하지 않겠어?"

"글쎄. 우리 엄마도 친엄마가 냉정한 사람이라고 했어. 사실 친엄마는 우리 엄마 친구였대. 친엄마는 보육원에서 일하다가 그만두면서 지금 엄마한테 나를 키워 달라고 부탁했다나봐. 무슨 사정인지 끝까지 말해 주지 않고 애원했대. 만약 엄마가 거절하면 나를 보육원에 맡긴다고 했다더라고. 정말 너무하지? 엄마는 아이를 낳을 수 없는 몸이었지만, 그것과는 별개로 정말 깊게 고민하고 나를 키우기로 결정했대.”

리온은 남 이야기하듯 아무렇지 않게 말했다. 모리의 입에서 작은 신음이 터져 나왔다. 리온이 모연일지 모른다는 생각에 무엇부터 물어볼지 궁리했는데, 친엄마가 지금 엄마의 친구였다는 한마디에 품었던 희망이 바늘에 찔린 풍선처럼 펑 터지며 쪼그라들었다. 얼었던 기운이 물처럼 흘러내렸다.

모리는 평정심을 유지하려고 애쓰며 말했다.

“악플만 지우면 되는 거지?”

모리는 리온을 돕기로 마음을 정했다. 악플 지우는 정도는 다른 일과 비교하면 그리 어렵지 않으니까. 게다가 깊은 이야기까지 모두 꺼내 보여 준 리온의 부탁을 모질게 거절할 수 없었다.

“그 정도였으면 이렇게 부탁하지도 않았어.”

리온이 핸드폰을 꺼내 뭔가를 찾기 시작했다. 움직이던 손가락을 멈추고, 고개를 들어 핸드폰을 모리 앞에 내밀었다. 화면에 영상이 재생되고 있었다. 무음 모드라 소리가 들리지 않았지만, 언뜻 보니 직접 찍은 몸캠 같았다. 영상 속 주인공은 다름 아닌 리온이었다. 모리는 놀라서 입이 벌어졌다. 이게 대체 뭐냐는 눈빛으로 리온을 봤다.

“나 아니야!”

리온은 다급하게 부인했다. 모리는 핸드폰을 자기 쪽으로 가져와 영상을 여러 번 돌려 보았다. 스크롤을 내려 영상 밑에 달린 댓글도 살폈다.

- 크 맛깔나네.
- 몸매 개쩐다.
- 방 구조 낯익은데? 내가 아는 앤가?
- 힌트. 〈K-아이돌스타〉.

다시 모리의 심장이 쿵쿵 뛰었다. 이런 종류의 영상은 수도 없이 지워 봤지만, 주변 사람이 피해자인 건 처음이었다.

"딥페이크로 합성했어. 그러니까 가짜를 진짜처럼 만든 거야. 봐봐."

모리는 리온에게 핸드폰을 내밀어 보이며 영상을 재생했다. 곧 다시 영상을 정지하고 검지로 영상 속 리온처럼 보이는 사람의 손가락을 가리키며 말했다.

"멀리서 찍은 거야. 영상에 사람들이 작잖아."

"그렇긴 한데, 그래서?"

"저화질 이미지를 확대하면 깨져 보이는 거랑 같아. 합성한 영상은 가까이에서 볼수록 돌출된 부분이 눈에 띄고, 색도 부자연스럽거든. 그래서 멀리서 봐야 영상이 더 그럴듯하게 진짜처럼 보여."

"그렇구나. 대단하네, 너."

"대단하긴……."

리온의 칭찬에 모리는 조금 멋쩍어져 말끝을 흐렸다.

"다 지워 줄 수 있어?"

"자신은 못해. 사이트에 올라간 영상만 지운다고 끝날 일이 아니거든. 누군가 영상을 내려 받아서 가지고 있다가 나중에 올리면 또다시 퍼지게 되니까. 더 큰 문제는 미톡 같은 메신저에서 서로 공유하면서 퍼지는 거야. 그때는 메신저 회사가 나서지 않으면 지우는 게 거의 불가능해."

"방법이 전혀 없어? 해킹하면? 너 해킹도 할 줄 안다고 현준이한테 들었어."

"내가 하는 해킹은 신상털이 정도야. SNS 계정 해킹하고 그런 거. 그 이상은 못해. 그것도 부모님 동의서 위조하려고 배운 거라서 초보 수준이야."

리온의 입에서 한숨이 새어 나왔다. 얼굴은 점점 굳어 갔고, 기도하듯 깍지 낀 손에는 힘이 들어가 보였다. 또다시 입술을 깨물었다. 이번에는 입술이 짓이겨질 정도로 잘근잘근 씹어 댔다.

"입술 그만 씹고 핸드폰 다시 줘봐."

"왜?"

"딥페이크를 하려면 영상이든 사진이든 원본이 있어야 해.

혹시 네 핸드폰에 저장된 게 유출됐는지 확인해 봐야겠어.”

리온이 핸드폰을 건네자 모리는 문자 메시지와 미톡 대화방을 살폈다. 처음부터 끝까지 하나하나 꼼꼼하게 확인했다. 어느 순간 빠르게 움직이던 손가락을 멈췄다. 모리의 얼굴이 굳어졌다.

“너 이 링크 눌렀어?”

모리가 가리킨 문자에는 ‘내가 moriron으로 초대했어. 나랑 비공개로 게시물 공유하자’라는 내용과 함께 인터넷주소 링크가 첨부되어 있었다. 리온은 고개를 끄덕였다.

“이거 스미싱인 거 몰라? 너무 뻔하잖아.”

“그렇긴 한데, 보낸 사람이 재이야. 재이는 초등학교 때부터 지금까지 내 찐친이고, 중학교도 같은 곳 다녔어.”

“너한테 이런 거 보내는 애가 찐친이라고? 걔한테 빨리 원본 내놓으라고 해.”

“재이 그런 애 아니야. 걔도 해킹당한 거야.”

“뭐? 해킹당했다고? 그럴 리가 없는데…….”

모리가 말끝을 흐리며 고개를 갸웃하자 리온이 물었다.

“이상한 점이라도 있어?”

“해킹당한 핸드폰으로 다른 사람 핸드폰에 해킹 파일을 보낼 수는 있겠지만, 그게 그리 쉬운 일도 아니거든.”

모리는 다시 고개를 갸웃하고는 물었다.

"걔 정말 해킹당한 거 맞아?"

리온이 말없이 고개를 끄덕였다. 모리는 찜찜했다. 리온의 얼굴을 합성한 딥페이크 영상이 나도는 시점에서 핸드폰이 해킹됐다는 게 절묘했다. 스미싱 문자를 받은 날짜도 〈K-아이돌 스타〉에 출연한 이후였다. 누군가 노리기라도 한 듯이 날짜가 꼭 맞아떨어졌다.

"네 주민등록번호 알려 줘. 주로 사용하는 아이디랑 비밀번호도."

"그건 왜?"

"올오브댐이라고 내가 만든 빅데이터 프로그램이 있어. 사이트에서 이미지를 검색하면 그 이미지와 비슷하다고 판단하는 사진과 영상을 찾아 주는 프로그램이야. 문제는 그 사진과 영상을 삭제하려면 네 정보가 필요해. 해당 사이트나 포털에 신고할 때 네 이름으로 직접 하는 게 훨씬 덜 복잡하거든."

"그럼 미톡으로 전송한 것들도 없앨 수 있어?"

"아주 불가능하진 않은데, 말했듯이 메신저는 쉽지 않아."

"어쨌든 가능성 있다는 이야기네?"

리온의 눈빛이 반짝였다.

"큰 기대는 하지 마."

"다 지우려면 얼마나 걸려?"

리온은 가능하다는 데 희망을 걸려는 모양이었다.

강모리　**진짜 친구**

"아직 몰라."

대답하는 순간 모리는 멈칫했다. 잠시 잊었지만 컴퓨터는 아직 경찰서에 있었다. 유포된 영상을 지우는 일은 빠를수록 좋다. 컴퓨터를 되돌려 받는 시간이 늦어지면 그 시간만큼 지워야 할 양은 늘어나고 확산 속도도 빨라질 것이다. 리온은 〈K-아이돌스타〉로 이미 유명세를 치르고 있으니 보통의 다른 영상들보다 더 빠르게 유포될 수 있었다.

"그런데 지금 집에 컴퓨터가 없어."

"왜 없는데?"

리온의 물음에 모리는 잠시 입을 다물었다. 경찰서에 다녀온 것이 드러내지 말아야 할 치부처럼 느껴졌기 때문이다.

"아주 없는 건 아니고, 곧 돌아오긴 할 거야."

리온은 모리에게 미톡으로 주민등록번호와 아이디, 비밀번호를 전송했다. 그리고는 다시 한번 고맙다는 말을 전했다. 모리의 눈에 리온은 카페에 들어설 때 봤던 모습과 조금 달라 보였다. 굳은 얼굴에 울 듯한 표정이 한결 누그러졌다.

"그만 가자."

두 사람은 카페를 나섰다. 리온은 지하철역으로, 모리는 집으로 발길을 돌렸다. 집으로 돌아가는 동안 모리는 머릿속이 복잡했다. 그동안 '흔적지우개가 운영하는 디지털 장의'에서 의뢰인으로 만났던 사람들과는 달랐다. 그들은 온라인으로만 만났고 실제로 얼굴을 마주하는 일은 거의 없었다. 다를 수밖에 없었다. 리온은 친한 사이는 아니어도 매일 얼굴을 보던 같은 반 친구였고, 무엇보다 모연을 떠올리게 했으니까.

그때 전화벨이 울렸다.

"여보세요."

"강모리 군입니까?"

"맞는데요. 누구세요?"

"나 김상욱 형산데, 경찰서에 날 보러 왔었다고 들었다. 집에 있니? 지금 네가 사는 아파트 앞에 있거든. 컴퓨터도 줄 겸 물어볼 게 있어."

"지금 가는 중이에요. 곧 도착하니까 아파트 놀이터에 계세요."

경찰서에서 이삼 일은 기다리라고 했는데, 너무 빨랐다. 조사가 다 끝난 마당에 할 말이라는 건 또 뭘까? 혹시 탈세 관련해서 다른 문제가 밝혀진 걸까? 다시 경찰서로 가야 할지 모른다는 생각에 모리의 마음속에 불안감이 스멀스멀 올라왔다. 그러나 김 형사의 목소리는 전혀 위협적이지 않았다. 자신을 취조할 때와도 달랐다. 엄포를 놓던 목소리와 사뭇 분위기가 달랐다. 모리는 발걸음을 재촉했다.

모리는 아파트 놀이터에 금방 도착했다. 벤치에 앉아 있는 김 형사 앞으로 다가갔다. 김 형사 옆에는 컴퓨터 본체가 놓여 있었다.

"며칠 더 기다려야 하는 줄 알았어요."

"그럴 거였는데, 내가 얼른 마무리하자고 했어. 어차피 이 정도에서 끝낼 거였어서."

"네. 어쨌든 감사합니다. 그런데 저한테 물어볼 게 있다고."

"별 건 아니고."

김 형사는 주머니에서 사진 한 장을 꺼내 내밀었다. 중학생에서 고등학생으로 보이는 여자아이가 속옷도 입지 않고 가슴을 드러내고 있는 사진이었다. 여자아이 옆에는 반바지를 입고 서 있는 사람이 있었다. 하반신만 찍혀서 성별을 알 수 없었지만, 다리에 털이 많을 걸로 보아 남자인 것 같았다.

"너한테 이걸 보여 줘도 될지 고민했는데, 혹시 사진 속 배경이 어딘지 네가 찾아낼 수 있을까 해서. 경찰 내부 프로그램으로는 못 찾았거든."

"경찰도 못하는 걸 어떻게 제가 할 수 있겠어요?"

"네가 찾아내는 건 도사 같아서 물어보는 거야."

모리는 잠시 고민했다. 머리에 피도 안 마른 놈이라고 꾸짖던 김 형사의 모습이 떠올랐다. 도와야겠다는 생각은 들지 않았지만, 컴퓨터를 빨리 돌려주고 직접 가져다 준 건 고마웠다.

김 형사는 모리가 머뭇거리자 손가락으로 사진 속 남자의 다리를 가리키며 말했다.

"우리가 찾는 건 이 남자야. 이 여자아이가 누군지 알면 용의자를 좁힐 수 있을 거 같거든."

"한번 찾아볼게요."

"고맙다."

"그럼 이만 가볼게요."

모리는 리온의 일도 해결해야 했기에 빨리 자리를 떠나고 싶었다.

"그래. 그런데 가기 전에 내가 노파심에서 한마디 해두겠는데, 디지털 장의사 그만둬라. 나서다가 네가 위험해질 수도 있고, 이번처럼 오해받을 일이 또 생길 수 있으니까."

모리는 더 대꾸하지 않고 짧게 "네"라고만 했다. 그러고는 김 형사를 뒤로 하고 컴퓨터 본체를 챙겨 집으로 향했다.

컴퓨터를 안고 온 모리를 할머니가 물끄러미 봤지만, 모리는 개의치 않았다. 방으로 들어가 재빨리 본체와 모니터를 연결하고 전원을 켰다. 하드에 저장된 프로그램과 파일을 살폈다. 삭제된 건 없어 보였다. 모리는 부엌에 나와 냉장고에서 물을 꺼냈다. 할머니가 모리를 지켜보고 있었다.

"이제 걱정하실 일은 없을 거예요."

"믿어도 되는 거지?"

"할머니가 먼저 믿겠다고 하셨으면서."

"그래. 믿어."

할머니는 아무 말 없이 거실로 돌아가 소파에 앉더니 리모컨으로 텔레비전 채널을 돌렸다. 마침 리온이 나오는 〈K-아이돌스타〉가 재방송하고 있었다. 모리는 할머니를 안심시킬 마음으로 소파에 앉았다.

"여기에 반 친구가 나와요."

"그래?"

"기다려 보세요."

앞서 두 명이 노래를 끝내자 리온이 나왔다. 영상으로 봤던 그 노래를 불렀다.

"얘예요. 윤리온."

"네 친구라니 신기하구나."

할머니는 고개를 끄덕이더니 화면 속 리온의 얼굴을 유심히 봤다. 그러다가 담담히 말했다.

"네 엄마가 자주 부르던 노래구나."

할머니도 노래를 알아보자 모리는 조금 슬픈 기분이 들었다.

리온의 노래가 끝나고 모리는 자기 방으로 돌아왔다. 의자에 앉아 마우스를 쥐었다. 먼저 올오브뎀 프로그램을 실행하고 불법촬영물 사이트 인터넷주소를 입력했다. 모리가 지정한 사이트에서 리온과 관련된 기록을 수집해 '윤리온'이라는 폴더에 저장되도록 명령어도 입력했다.

모리는 프로그램이 작업을 처리하는 사이 김 형사가 준 사진을 조목조목 뜯어봤다. 사진을 스캔해서 프로그램을 돌린다고 해도 사진 속 배경을 정확히 알아낼 거라는 확신은 없었다. 하지만 김 형사도 뭔가 짚이는 게 있어 부탁했으리라는 확신이 들었다.

수집했던 사진들에서 비슷한 게 있는지 확인했다. 예상과 달리 쉽게 찾을 수 있었다. 예전에 '흔적지우개가 운영하는 디지털 장의' 사이트에 비밀글을 올렸던 의뢰인이었다. 모리는 당황했지만 곧 어떻게 된 일인지 알겠다는 생각이 들었다. 퍼즐이 맞춰졌다. 김 형사는 분명 모리가 수집한 자료를 모아 둔 폴더를 봤을 터였고, 그 자료들에 실마리가 있으리라 판단한 듯했다. 실제로 김 형사의 생각은 맞았다. 모리 핸드폰에 의뢰인의 정보가 있었다.

"그냥 물어봐도 됐을 텐데."

모리는 김 형사에게 받은 명함을 꺼냈다. 명함에 적힌 핸드폰 번호로 사진 속 배경에 관한 정보를 보냈다. 일 하나를 마무리했지만 쉴 틈이 없었다. 다시 마우스를 쥐고 리온의 페인트그램을 열었다. 피드에는 백 장이 넘는 사진이 올라와 있었다. 누군가의 페인트그램 사진을 리그램해서 공유한 것도 보였다. 모리는 리그램한 사진의 본래 계정을 클릭했다.

계정의 주인은 민재이였다. 재이, 리온이 말한 찐친이었다. 모리는 재이 페인트그램 피드를 둘러보며 잠시 미소를 지었다.

리온이 활짝 웃고 있는 사진이 많았다. 재이라는 친구가 리온을 많이 좋아한다는 게 사진에서도 느껴졌다. 찐친이라는 리온의 말이 사실인 듯했다.

그런데 재이의 최근 페인트그램 글들이 조금 이상했다. '돌아와', '우울해 죽겠다', '나만 외롭네'라는 감상에 젖은 글부터 '관종', '우웩', '시끄러워 시끄럽다고!', '나한테 네가 없애고 싶어 할 것들이 있어'와 같은 의미심장한 글들이 가득했다. 그 글들에는 누군가를 향한 원망과 저주가 가득했다. 사진들도 그랬다. 강아지 두 마리가 싸우는 사진이 있는가 하면, 메모지를 커터칼로 마구 그어 놓은 사진도 있었다. 메모지에는 뭔가 쓴 흔적이 있었지만, 칼자국 때문에 알아볼 수 없었다.

모리는 누구를 생각하며 쓴 글인지 궁금했다. 그래서 재이 페인트그램 계정을 해킹해 보기로 했다. 리온의 핸드폰에 스미싱 문자를 보내 해킹되게 한 것도 찜찜했다.

페인트그램 메인에서 '로그인 정보를 잊으셨나요?'를 클릭했다. 재이 프로필에 적힌 이메일 주소를 입력하자 검색엔진 사이트 야글의 계정, 이메일로 비밀번호 받기, SMS 인증 옵션이 나왔다. 모리는 모두 건너뛰고 제일 아래에 '위 메일 또는 전화번호를 사용할 수 없으신가요?'를 눌렀다. 그리고 자신의 이메일 주소를 입력했다. '친구를 통해서 계정 살리기'를 시도했다. 이미 다섯 개의 가짜 친구 계정을 만들어 둬서 그 계정으로 보안코드를 받아 입력했다.

간단하게 로그인에 성공했다. 재이의 페인트그램에 혼자만 볼 수 있게 보관된 비공개한 사진들이 있었다. 거의 리온을 찍은 사진이었다. 집착처럼 보일 정도였다. 리온의 증명사진에 붉은색 선으로 굵게 엑스 표시를 해놓은 걸 보면서 모리는 소름이 돋았다. 뭐지? 모리는 예상치 못한 상황에 빠진 기분이었다. 어떤 사진에는 비밀 일기처럼 보이는 글을 써놓았다.

– 윤리온 네가 빛나는 게 싫어. 사람들이 널 보고 환호하는 게 싫어.

– 관심 받으니까 좋아? 원래부터 관종이었어? 지금까지 왜 날 속였어?

– 세상 모두가 널 비웃게 할 거야. 비웃음당하는 그 기분이 어떤지 느껴 봐.

글에는 리온을 향한 분노가 가득했다. 어떤 표현은 섬뜩하기까지 했다. 모리는 비공개 사진들을 보다가 클라우드 계정이 연결되어 있다는 걸 알아챘다. 재이의 신상 정보를 확인한 터라 클라우드 계정 해킹은 어렵지 않았다.

클라우드에는 이런저런 파일이 가득했다. 폴더를 훑는데 '리온'이라는 이름의 폴더가 보였다. 폴더에는 리온의 사진과 영상이 저장되어 있었다. 그중 영상 하나를 클릭했다. 순간 모리는 화면에 재생되는 영상을 보고 깜짝 놀랐다. 불법촬영물이

강모리　　**진짜 친구**

나 다름없었다. 리온이 샤워하는 뒷모습이 찍혀 있었다. 그뿐만이 아니었다. 다른 영상에서는 리온이 속옷만 입고 있었다. 거울 앞에 선 리온은 자기는 가슴이 작다면서 속옷 안쪽에 뭔가를 넣는 모습이 적나라하게 찍혔다. 합성이 아니었다. 진짜였다.

모리는 볼 안쪽을 깨물었다. 눈동자로 열기가 몰리는 듯했다. 윤리온은 알고 있을까? 영상을 뒤로 돌려 다시 보았고, 차분하게 나머지 파일도 살폈다. 딥페이크로 만든 영상과 사진이 많았다. 그중에는 재이의 페인트그램에 올려진 영상이 원본으로 사용된 것도 있었다.

"분명 찐친이라고 했는데……."

8반 남학생 단톡

다음 날, 오전 수업을 듣는 내내 모리는 재이의 페인트그램 이야기를 리온에게 어떻게 말해야 할지 고민했다. 마지막 오전 수업이 시작되자 더는 고민만 할 수 없었다. 상황이 달라졌다. 인터넷에 리온에 관한 새로운 영상들이 올라왔다. 그 속도가 엄청나게 빨랐다. 모리는 더럭 겁이 났다. 자신이 감당할 수 있는 범위를 넘어서는 것 같았다.

가장 충격적인 건 'BJ 호호나 몸캠'이라는 인터넷방송처럼 보이는 영상이었다. 교태를 부리는 호호나의 표정과 몸짓은 수위가 높았다. 멀리서 찍은 듯 호호나와 카메라의 거리가 멀어 보였지만, 호호나의 얼굴은 언뜻 리온을 떠올리게 했다. '잘못 봤나?' 하고 넘어갈 수도 있지만, 영상에 달린 댓글은 '사실인 가?' 하는 의심이 들게 했다.

– 이 여자 신상 털렸쓰. 아침고 1학년 윤리온.

– 〈K-아이돌스타〉 윤리온? 간도 크네.

– 모자이크 치워버럿! 조회수 올리려고 수작질?

– 창문 밖으로 보이는 저거, 대학 건물 아님? 딱 봐도 한국대 근처인
것 같은데.

– 이거 조회수 높이면 재밌을 것 같은데, 베스트 보내 버리면 어떰?

– 조회수 급상승. 다들 광클 하나 봄.

– 1일 1클릭 기본 아님?

실시간으로 늘어나는 수많은 댓글을 보면서 모리는 몸이 떨렸다. 태풍이 불어 닥치는 인터넷 상황을 리온이 안다면? 생각만으로 아찔했다. 수업이 한창이었지만 모리는 자꾸 리온의 뒤통수에 눈이 갔다. 아무래도 말해 줘야겠다는 생각이 들었다. 책상 서랍에서 핸드폰을 몰래 꺼내 리온에게 '점심시간에 잠깐 보자'고 미톡을 보냈다.

곧이어 미톡 알림이 떴다. 8반 남학생 단톡방이었다. 단톡을 확인하자마자 모리는 숨이 막혔다. 진욱이 리온의 불법촬영물을 퍼뜨리고 있었다. 대부분 인터넷에서 본 딥페이크 영상이었다. 처음 보는 영상들도 있었다. 실제 리온을 찍은 것처럼 보였다.

단톡방은 열기로 가득했다. 톡이 끝날 줄 몰랐다. 몇몇은 그

만하라면서 단톡방에서 나갔고, 몇몇은 침묵하며 상황을 지켜봤다. 또 몇몇은 감상을 덧붙여 가며 희희낙락했다.

모리는 고개를 들어 반을 둘러봤다. 아이들은 무표정한 얼굴을 하고 있었지만, 단톡방에서는 낄낄거리며 즐겼다. 'ㅋㅋㅋ'과 'ㅎㅎㅎ'이 끊임없이 올라오는 것만 봐도 죄책감 따위는 없어 보였다. 모리는 계속 단톡방을 주시했다. 아이들은 곁눈질로 리온을 힐끔거리거나 대놓고 쳐다보기도 했다. 두리번거리다가 모리와 눈이 마주친 반 아이들의 눈은 마치 먹이를 문 짐승처럼 번뜩였다.

수업의 끝을 알리는 종이 울렸다. 모두 자리에서 우르르 일어나 급식실로 향했다.

"할 말 있어?"

어느새 리온이 다가와 물었다.

"그게, 있잖아……."

모리는 어떻게 말을 꺼내야 할지 몰랐다. 자꾸 리온을 힐끔거리는 아이들이 눈에 걸려 말하기가 어려웠다.

"뭔데 이렇게 뜸을 들여? 무슨 일인데?"

"그러니까……."

"핸드폰 줘봐. 아까부터 남자애들이 나 흘깃거리면서 웃잖아. 아무래도 이상해. 뭐 있는 거지?"

리온이 손을 내밀었다. 모리는 핸드폰을 꽉 쥐고 등 뒤로 숨졌다. 사실을 알려야 해결 방법을 찾을 텐데, 지금은 보여 주고 싶지 않았다.

"왜 숨겨? 정말 뭐가 있는 거야?"

"······."

리온은 말없이 교실을 둘러보더니 갑자기 칠판 쪽으로 걸어갔다. 그곳에 현준이 있었다. 현준은 귀에 이어폰을 꽂고 핸드폰에 집중하느라 리온이 다가오는지도 몰랐다. 리온이 현준의 핸드폰을 획 낚아챘다. 리온은 거침없이 화면을 터치했다. 호기롭던 리온의 표정은 점점 굳어 갔고, 얼굴은 붉어지다 못해 창백하게 변했다. 입술이 파르르 떨렸다.

모리는 조마조마한 마음으로 주변을 둘러봤다. 리온의 급작스러운 행동을 지켜보던 남자아이들 몇 명이 리온을 보며 비릿하게 웃고 있었다. 그때 리온이 현준의 핸드폰을 들고 교실 밖으로 뛰쳐나갔다. 모리도 리온을 따라 뛰었다. 리온은 계단을 내려가 급식 줄에서 진욱을 찾았다. 리온은 분을 삭이지 못한 목소리로 소리쳤다.

"단톡방 폭파해!"

"내가 왜?"

진욱은 영문을 모르겠다는 말투로 물었다.

"네가 하는 짓 그만두라고."

"신경 꺼."

"내가 하지도 않은 일로 모욕당하는데 어떻게 신경을 꺼? 이거 범죄야. 신고하기 전에 당장 폭파해."

리온은 떨리는 목소리로 협박했지만, 진욱의 표정에는 큰 변화가 없었다. 도리어 어이없다는 듯 피식 웃음을 터트렸다.

"신고? 까짓거 해."

모리는 진욱의 태도가 놀랍지 않았다. 여자 친구와의 사생활을 찍어 친구들에게 자랑하듯 보여 주는 녀석이니까. 기분이 좋지 않으면 여자 친구를 때린다는 소문도 들었다. 그런 놈이 리온에게 한 짓에 죄책감을 느낄 리 없었다.

리온은 떨리는 주먹으로 있는 힘껏 진욱의 가슴팍을 때렸다.

"이게 돌았나?"

진욱은 리온의 손목을 잡아채고는 욕을 해댔다. 그리고 리온에게 달려들었다. 다행히 주변에 서 있던 아이들이 진욱을 붙잡았다. 진욱에게 풀려난 리온은 휘청거리며 한두 발자국 물러났다. 겨우 몸을 고정하고 진욱을 째려봤다. 그러나 더는 진욱을 몰아붙이지 못했다.

나서서 리온의 편을 드는 사람은 아무도 없었다. 모리도 마찬가지였다. 쉽게 끼어들지 못했다. 마음속에서는 가만있어서는 안 된다고 생각했지만, 주변 눈치가 보였다. 수석에게 핀잔을 줬을 때는 언제고 막상 보는 눈이 많자 몸이 얼어붙었다. 단톡방에서 무슨 일이 있었는지 모르는 아이들은 아직 상황 파악이 안 된 모양이었다. 웅성거림에 주변으로 모여들었지만 자기들끼리 물음표만 연발할 뿐이었다.

힘을 보태 줄 사람이 없다는 판단이 들었는지, 리온은 간절한 목소리로 진욱에게 말했다. 이번에는 애원이었다.

"제발 부탁이야. 내가 너한테 뭘 잘못했다고 이래……."

"그냥 재미야 재미. 네가 찍은 것도 아니라며?"

"맞아. 어떻게 찍힌 건지 몰라도 내가 그런 거 아니야. 그러니까 제발 단톡방 폭파하고 가지고 있는 영상들 다 지워 줘."

"그러니까 신경 쓰지 말래도."

진욱의 말에 리온은 움직임이 없었다. 눈물이 그렁그렁했지만 쏟아 내지 못했다. 언제부터 와 있었는지 아이들 사이를 비집고 나온 수석이 진욱에게 소리쳤다.

"정진욱 그만해! 너무하잖아."

"너무?"

"네가 한 짓 범죄야."

진욱이 어이없다는 표정으로 되묻자 수석이 단호하게 말했다.

"웃기시네. 최수성 너도 다 봤잖아. 보고 좋으니까 단톡방에 남아 있는 거 아니야? 양심에 찔렸으면 단톡에서 나갔어야지. 안 그래? 그리고 애초에 누가 속옷만 입고 그런 영상 찍으래? 방송 나가서는 훅 파진 옷도 잘만 입더니만 순진한 척은."

진욱은 손가락으로 리온을 가리키더니, 리온의 가슴 선을 따라 손가락을 움직이며 모두가 들으라는 듯 큰 소리로 말했다. 그리고는 다시 리온을 흘깃 쳐다보다가 시선을 돌려 급식실로 들어가 버렸다.

리온은 주먹을 쥔 채 몸을 떨었다. 입술을 얼마나 꽉 다물었는지 턱뼈가 도드라져 보였다. 리온도 곧 진욱을 따라 급식실로 들어갔다. 모리는 혹시 리온이 다시 진욱을 쫓아가나 싶어 뒤따랐다. 그러나 리온은 진욱이 아닌 다른 누군가를 찾는 듯했다. 급식실을 돌아다니며 두리번거리던 리온은 급식실을 빠져나와 어디론가 향했다. 모리는 계속 리온을 따라갔다.

리온은 계단을 올라 복도 왼쪽 끝까지 갔다. 1반 교실이 있는 곳이었다. 리온은 1반 교실 앞문을 열고 들어가 외쳤다.

"민재이, 민재이 어딨어?"

리온의 목소리에 반에 있던 아이들이 문 쪽으로 시선을 돌렸다. 리온은 아이들을 확인하더니, 교실을 빠져나와 복도를 지나가는 아이들을 한 명씩 봤다.

"민재이 봤어?"

리온이 숨을 몰아쉬며 재이의 행방을 물었다. 하지만 아무도 대답하지 않았다. 오히려 리온을 이상하게 쳐다봤다.

"날 왜 찾아?"

재이가 1반 교실 뒷문에 서서 말했다. 리온이 고개를 돌려 재이를 찾았다. 모리도 재이를 봤다. 처음 본 재이는 리온과는 완전히 다른 느낌이 나는 아이였다. 평범해 보였지만 어딘가 어둡고 서늘한 분위기를 풍겼다.

다급하게 자신을 찾은 리온을 보고도 재이는 담담한 표정을 지었다. 모리는 궁금했다. 당장이라도 재이를 붙잡고 묻고 싶었다. 리온이 자기 방에서 찍힌 영상이 어떻게 네 페인트그램에 있냐고 캐묻고 싶었다. 하지만 지금은 리온이 먼저였다.

리온이 재이에게 다가갔다.

"그 영상 어떻게 찍은 거야?"

"무슨 영상?"

"내 방 영상"

"대체 뭔 소리야. 내가 왜 네 방 영상을 찍어."

"너 말고 없어. 내가 샤워하는 모습 뒤에서 찍을 수 있는 사람은 우리 엄마 아님 너뿐이야. 설마 엄마가 그랬겠어? 그리고 내가 속옷 갈아입는 영상에서 네 목소리 들려. 그때 네가 나한테 속옷 예쁘다고 말한 거 기억해. 이래도 아니야?"

"나 아니라고. 생사람 잡지 마."

"정말이야?"

"어. 아니라고 몇 번을 말해. 내가 왜 그런 짓을 하겠어? 날 의심한다는 게 어이가 없다."

모리는 끝까지 모른 척하는 재이를 보며 화가 치밀었다. '내가 네 페인트그램에서 그 영상 봤어'라는 말이 목구멍 끝까지 올라왔지만 애써 참았다. 잘못 나섰다가는 상황이 더 크게 번질 것 같았다.

그때 리온이 울기 시작했다.

"왜 울어?"

재이는 조금 당황한 얼굴로 물었다. 리온은 울음 섞인 목소리로 8반 남학생 단톡방에서 일어난 일을 이야기했다.

"너는 나 믿지? 내가 그런 영상 찍지 않았다는 거 알지?"

"창피하게 왜 이래. 다 쳐다보잖아. 이제 너네 반으로 가."

재이는 별일 아니라는 듯 냉정한 목소리로 말했다. 모리는 놀라서 재이를 쳐다봤다. 최악의 상황에 놓여 있는 리온에게 재이가 보인 반응은 얼음장 같았다. 분명 리온은 재이가 찐친이라고 했는데 말이다. 리온도 놀란 눈치였다. 눈물을 뚝뚝 떨어뜨리며 믿을 수 없다는 표정으로 재이와 눈을 맞추려 애썼다.

"왜 그래? 네가 나한테 이러면 안 되잖아. 믿는다고 말해 줘야 하는 거 아니야? 늘 그랬잖아. 너 내 친구잖아."

"내가 왜?"

리온은 재이의 말에 망연자실한 표정을 지었다.

"윤리온, 네가 평소에 행동 똑바로 했으면 이런 일이 생겼겠어? 자꾸 흘리고 다니니까 남자애들이 너한테 그러는 거지. 처신 똑바로 해."

재이의 말을 듣던 모리는 어이가 없다 못해 화가 났다. 결국 한마디를 내뱉고야 말았다.

"처신을 잘못해서 걔네들이 그랬다고 생각해?"

"그게 아님 왜 그러겠어? 먼저 여지를 주고 꼬리를 치니까 건들겠지. 안 그래? 그러니까 지금 너도 편드는 거 아냐?"

재이는 갑자기 끼어든 모리가 언짢다는 듯이 대꾸했다. 가만히 듣고 있던 리온이 교실 바닥에 주저앉았다. 기운이 모두 빠져나간 것처럼 눈에 초점이 없었다.

점심을 먹고 반으로 돌아온 아이들은 구경거리를 보듯 자기들끼리 귓속말을 하며 세 사람을 지켜봤다. 1반 교실은 어느새 웅성거림으로 가득했다. 재이는 주위를 의식하며 다시 한번 매몰차게 말했다.

"그만 가. 점심시간 끝났어."

그러나 리온은 일어나지 못했다. 넋이 나간 표정으로 자리에서 움직이지 않았다. 보다 못한 모리가 리온을 붙잡고 끌어올렸다. 그제야 리온은 겨우 몸을 일으켜 세우더니 모리의 팔을 버팀목 삼아 휘적휘적 걸었다.

"봐! 저러고도 아니래."

재이의 목소리가 리온의 등을 떠밀었다.

19금

오후 첫 수업이 시작됐다. 수학 시간이었다. 그러나 재이 귀에는 선생님의 목소리가 하나도 들어오지 않았다. 왜 나한테 따지지? 난 잘못 없어. 눈은 칠판을 향했지만, 마음은 계속 뒤틀렸다. 하얗게 질린 얼굴로 자기를 믿어 달라는 리온이 눈앞에 그려져 불편한 감정이 사라지지 않았다.

"야, 뭐 해."

그때 옆자리 짝이 자기 어깨로 재이 어깨를 툭 쳤다. 재이는 그제야 눈동자에 초점이 돌아왔다. 선생님이 보였다.

"내가 외우라고 그렇게 말했는데, 아직도 이걸 못 외웠어?"

생각에 빠져 있는 사이, 선생님이 재이에게 수학 공식을 물어본 모양이었다.

재이는 대답하지 못하고 멀뚱히 선생님을 쳐다봤다. 선생님은 쯧쯧 혀를 차더니 곧 다른 사람에게 같은 질문을 했다. 재이는 다시 생각으로 빠져들었다.

〈K-아이돌스타〉에서 승승장구하는 리온은 솔직히 예뻤다. 원래 리온은 예쁘장했지만 조금 촌스러운 구석이 있었고, 그걸 아무렇지 않게 여겼는데 화장하고 화려한 무대 의상을 입으니 연예인 같았다. 화장빨, 조명빨이라고 해도 재이가 상상한 것 이상이었다. 더는 자신의 친구가 아닌 것 같았다. 어릴 때부터 매일 붙어 다니던 리온은 온데간데없었다.

재이가 리온을 처음 만났을 때부터 리온은 조금 신기한 아이였다. 리더십이 있는 것도, 웃기는데 재능이 있는 것도 아닌데 주변에 늘 사람이 몰렸다. 재이 눈에 리온은 운이 좋아 보였다. 리온은 입양됐지만 흔한 편견과 달리 누구보다 사랑을 듬뿍 받고 자랐다. 리온의 엄마는 리온을 누구보다 아꼈고, 챙겼고, 애정 섞인 잔소리도 빼놓지 않았다.

재이는 문득 중학교 시절을 떠올렸다. 어느 주말에 리온의 집에서 자던 날이었다. 그날도 여느 때처럼 리온의 집에서 놀았는데 갑자기 비가 엄청나게 내리기 시작했다. 재이는 우산을 챙기긴 했지만 빗발이 너무 세서 집에 갈 엄두가 나지 않았다. 아니, 사실 집에 가고 싶지 않았다. 어차피 집에 가도 엄마는 없었다. 일이 바빠 매일 저녁 늦게야 들어왔기 때문이다. 재이는 엄마에게 전화해 날씨 핑계를 대며 리온의 집에서 하룻밤 자고 간다고 말했다.

재이는 리온과 시간 가는 줄 모르고 놀았다. 수다를 떨고 간식을 먹고 애니메이션을 봤다. 그러다 19금 딱지가 붙은 영화를 보기로 했다. 재이는 가슴이 두근거렸다. 처음 해보는 일탈을 누군가에게 들키기라도 할까 봐 아무도 없는데도 주변이 신경 쓰였다. 괜히 멋쩍은 기분이 들었다.

두 사람은 거실 텔레비전으로 영화를 틀어 보았다. 리온은 집중해서인지 움직임이 없었다. 재이도 마찬가지였다. 잠깐 리온 쪽을 봤다가 텔레비전 화면에 시선을 고정했다. 침이 꿀꺽 넘어갔다. 하지만 영화는 예상한 부분을 빨리 보여 주지 않았다. 재이는 슬슬 하품이 났다. 지루한 나머지 리온에게 "빨리 돌려 볼까?"라고 물었지만, 리온은 "아니야. 무슨 이야기인지 알려면 앞에서부터 봐야지"라고 했다.

리온의 대답에 재이는 어색하게 고개를 끄덕였고, 다시 소파에 기대 영화를 봤다. 그리고 시간이 흘렀다. 드디어 야한 장면이 시작되었다. 하품하던 입이 다물어지고 정신이 번쩍 들었다. 목이 앞쪽으로 튀어 나갈 것 같았다.

그런데 현관문 도어락 비밀번호를 누르는 소리가 때마침 들렸다. 재이는 긴장했다. 큰일 났다는 생각에 텔레비전과 현관문 쪽을 번갈아 보았다. 정신을 차리고 얼른 리모컨을 찾았다. 하지만 리모컨은 리온의 손에 들려 있었다. 현관문이 열리면서 발소리가 났다.

재이는 리온에게 얼른 텔레비전을 끄라고 눈짓했지만, 리온은 그러지 않았다. 오히려 "왜?"라는 표정을 지어 보였다. 재이는 상황을 이해할 수 없었다. 리온의 엄마가 거실로 들어서는 순간, 마침 여배우의 신음이 들렸다.

리온은 "엄마 왔어?"라고 태평하게 인사하고는 다시 텔레비전으로 시선을 옮겼다. 리온의 엄마도 텔레비전 화면을 보더니 "청소년 관람 불가 영화 같은데, 이런 거 봐도 되니?"라고 물었다. 리온은 잘못한 내색을 하지 않았다. 되레 배시시 웃었고 아무렇지 않게 영화에 집중했다.

더 이상한 건 리온의 엄마였다. 리온의 엄마는 부엌에서 접시에 떡볶이와 튀김을 담아 거실로 가져와서는 테이블에 내려놓았다. 그리고 소파에 앉으면서 "비가 오니까 떡볶이하고 튀김이 생각나서 사왔어"라고 평소처럼 말하는 게 아닌가. 리온은 떨떠름한 표정을 짓는 재이를 보며 말했다. 목소리가 경쾌했다.

"괜찮아. 엄마가 숨기는 게 더 이상한 거라고 했어. 내가 부끄러운 짓을 한 게 아니면 당당하게 행동하라고 했거든. 지금 우리가 본 건 영화잖아. 그 영화가 19금이었을 뿐이야. 물론 우린 중학생이지만!"

리온의 엄마는 "그래도 엄마가 오면 채널 돌리는 시늉이라도 해 주면 안 되겠니? 내 딸을 믿는다고 해도 이런 영화 같이 보는 건 엄마가 좀 민망하거든"이라고 장난스럽게 말했다. 그러자 리온은 "이렇게?"라고 말하며 리모컨으로 텔레비전을 껐다.

재이는 그날 일을 계속 생각했다. 그러면 리온에게 매몰차게 굴었던 것이 별일 아니게 느껴졌다. 너도 그런 영화를 보는데, 남이 네 몸을 보는 게 뭐가 잘못이야. 그때 네가 나처럼 양심에 찔리는 티만 냈어도 내가 그러진 않았을 거야. 모든 게 네가 자초한 일이야. 너네 엄마가 교육을 잘못한 탓이라고. 우리 엄마처럼 잘못하면 소리라도 쳤어야지. 19금 영화 보는 딸을 혼내기는커녕 먹을 거나 챙겨 주니까 네가 경각심이 없는 거야. 그러니 이런 일도 당하는 거지.

리온은 원래 발라당 까진, 이상한, 그렇고 그런 아이라고 재이는 몇 번이고 속으로 되뇌었다.

"민재이!"

반에서 친한 친구인 유주가 재이를 불렀다. 수학 시간은 이미 끝났고 쉬는 시간이었다. 재이는 수학 교과서를 책상에 올려놓은 채 여전히 딴생각에 빠져 있었다. 유주가 부르지 않았다면 수업이 끝난 줄도 몰랐을 터였다.

"왜?"

"8반 난리 났어. 아까 윤리온 우리 반 온 게 말이야……."

유주는 재이에게 무슨 일이 있었는지 자세히 이야기했다.

재이는 가만히 듣기만 했다. 짐작 가는 구석이 있었다. 이렇게 빨리 일이 벌어질 줄은 몰랐지만.

"그런데 윤리온이 왜 너한테 그런 거야? 그 영상 네가 찍었냐고 물어봤잖아."

"내가 그걸 어떻게 알아. 나랑 무슨 상관이라고."

재이는 자기도 모르게 신경질적으로 말했다.

"아니면 됐지. 왜 짜증을 내고 그래?"

유주도 마뜩찮은 표정을 지으며 대꾸했다. 그리고 더 놀라운 소식을 전했다. 8반 남학생 단톡방에 올라온 영상들이 이미 인터넷에서 돌고 있었다는 것이다. 리온이 성매매를 했고, 그 증거도 있다고도 했다. 단톡방 사건이 학교에 퍼져 나가자 리온을 아니꼽게 보던 아이들이 소문을 더 부풀렸다.

"얌전한 고양이가 부뚜막에 먼저 올라간다더니, 그게 딱 윤리온을 두고 하는 말 같아."

유주의 말에 옆에 있던 소희가 한마디를 덧붙였다.

"걔가 얌전한 고양이는 아니지. 얌전한 고양이가 어떻게 오디션 프로그램에 나가겠어? 열정이 많으니까 그런 거겠지. 기회가 왔을 때 그 열정을 터트리려고 얌전히 있던 거라고 보는데."

재이는 소희가 하는 말이 리온을 둘러싼 소문에 일침을 가하는 것처럼 들렸다. 그래서 그 말이 듣기 싫었다. 리온을 두둔하는 것 같았으니까.

"열정은 무슨. 관종이라서 그렇지."

재이가 비딱하게 말했다. 실제로 재이는 리온이 관종이라는 생각을 떨칠 수 없었다. 가수가 되겠다고 하는 게 그 뜻 아닌가? 오디션 프로그램에 나가라고 등 떠민 사람은 아무도 없었다. 모든 건 리온이 스스로 결정했다. 대중 앞에 서려면 그 정도는 각오해야 하는 거 아닌가? 페인트그램에 좋아요와 팔로워가 엄청나게 늘었다며 좋아할 때는 언제고. 남의 관심과 시선을 즐겼으면서 인터넷에 떠도는 자기 사진과 영상에 저렇게 난리를 치다니.

"민재이 쎈데?"

유주가 눈이 동그래져서 말했다.

"쎈 게 아니라 사실 그대로를 말하는 거야. 자길 내놓고 노래한 게 윤리온 아니었어? 그리고 너네 윤리온한테 아는 척하면 걔가 어떻게 했어? 좋아하지 않았어?"

"그랬지."

"그게 관종이 아니면 뭐니?"

재이는 불퉁하게 말했다.

"그런데 너희 찐친 아니었어?"

소희가 물었다.

"중학교 때나 그랬지. 그게 뭐? 친하면 잘못한 걸 잘못했다고 말도 못해?"

재이가 소희에게 쏘아붙이듯 대꾸했다.

"아니, 좀 의외여서."

재이는 대답하지 않았다. 마침 수업 시작을 알리는 종이 울렸다. 재이는 국어 교과서를 꺼내며 리온을 따라왔던 모리를 떠올렸다. 언젠가 모리가 디지털 장의 사이트를 운영한다는 이야기를 들었다. 모리가 리온의 옆에 있다는 건 리온에 관한 불법촬영물이 인터넷에 꽤 퍼졌다는 뜻 같았다.

재이는 눈썹을 찡그렸다. 마음속에서 고개를 들던 또 다른 목소리가 불안감을 끄집어냈다. 자신이 한 행동이 잘못된 게 아니라고 정당화하는 마음을 비집고 다른 목소리가 안개처럼 스멀스멀 퍼지기 시작했다.

너 괜찮아?

리온은 며칠째 결석했다. 담임 선생님 말로는 리온의 엄마가 학교에 찾아와 리온이 〈K-아이돌스타〉를 위해 연습에 집중하느라 며칠 결석하겠다고 알렸다고 했다. 모리는 어쩌면 다행이라고 생각했다. 학교에 오지 않는 시간 동안 리온은 단톡방으로 받은 충격에서 벗어날 수 있을 테고, 그사이 자신은 리온과 관련된 디지털 기록을 지울 수 있을 테니까.

연습에 몰두하고 오디션을 치르다 보면 연예 기획사와 계약할 수도 있었다. 기획사가 움직이면 훨씬 철저하게 대처할 수 있을 터였다. 법률로 대응한다면, 지금 걱정하는 일들이 더는 걱정할 필요 없는 일이 될 수도 있었다.

"윤리온 톱10에서 하차했대! 지금 기사 났어."

수업이 끝나고 모리가 교실 뒷문을 열고 나가려던 때였다.

누군가 큰 소리로 말했다. 모리는 교실을 빠져나와 주머니에서 핸드폰을 꺼냈다. 걸으면서 '윤리온'을 검색했다. 사실이었다. 하지만 하차 이유가 석연치 않았다. '무단이탈'과 '연락 두절' 이었다.

덜컹. 모리의 가슴에서 무언가가 내려앉았다. 단톡방 사건 이후에도 리온은 오디션을 너무 잘 치렀다. 방송 속 리온은 이전처럼 밝은 모습이었다. 모든 걸 잊은 듯 보였다. 다른 이유가 있는 건 아닌지 떠올렸다. 지난번 카페에서 오디션을 그만두면 소문은 잠잠해질 거라는 자신의 충고를 받아드린 걸까 싶었다. 점심 먹은 게 체한 기분이 들었다.

집에 도착하고 모리는 곧장 냉장고에서 얼음을 꺼내 입에 넣었다. 얼음을 씹다가 거실에서 텔레비전을 보던 할머니와 눈이 마주쳤다.

"얼음 막 씹으면 이 다쳐."

"괜찮아요."

할머니는 할 말이 있는 듯 보였지만 모리는 묻지 않았다. 잔소리일 게 분명했다. 요즘 공부하는 모습도 보이지 않은 데다 지난번에는 경찰서까지 다녀왔으니 말이다. 컴퓨터를 조금만 하라는 말일 거라고 생각했다.

모리는 컵에 얼음을 담고 생수를 가득 부었다. 물을 따르는 순간 얼음에서 사각사각하는 소리가 났다. 연락을 해봐야 하나? 모리는 1반 교실에서 나오면서 넋이 나가 보이던 리온의 표정이 떠올랐다. 악다구니를 써도 모자랄 판이었는데, 리온은 그 뒤로 한마디도 하지 않았다. 자물쇠로 잠근 듯 숨소리도 내지 않았다.

모리는 얼음물을 들고 걸음을 옮겼다.

"모리야. 그 텔레비전 나오는 친구 말이다."

모리는 긴장했다. 할머니가 뉴스라도 본 건가 싶었다. 리온이 하차 이유를 물으면 어떻게 하지.

"왜요?"

"그 애 목소리, 네 엄마 목소리랑 닮은 거 같지 않니?"

아주 잠깐 안도감이 모리를 훑고 지나갔다.

"원곡이 그래요."

할머니가 꼬치꼬치 물어볼까 싶어 모리는 별일 아니라는 듯이 담담하게 굴었다.

"그래. 그렇구나."

"저 들어갈게요."

모리는 침대에 누워 그동안 학교에서 있던 일들을 돌아봤다. 하교 시간까지 간신히 버티는 리온을 보면서 마음이 좋지 않았다. 한편으로 대견했다. 도망치지 않는 것처럼 보였기 때문이다. 어쩌면 리온은 자신이 생각하는 것보다 강한 아이일지 모른다고 생각했다.

그러나 마음이 편하지 않았다. 진욱이 리온에게 모욕을 주고 빈정거릴 때, 나서서 주먹 한 번 휘두르지 못한 자신이 한심했다. 뭐가 두려워서? 문제를 일으켰다가 경찰서에 다시 가게 될까 봐? 아니면 할머니가 학교에 올 일이 생길까 봐? 합리화라도 하고 싶었지만, 변변한 구실이 하나도 없었다. '흔적지우개가 운영하는 디지털 장의'를 운영하면서 조금이나마 고통받는 사람들을 도왔다고 생각한 것이 부끄러웠다.

모리는 핸드폰에서 미톡을 열었다. 리온의 프로필에서 일대일 채팅을 눌렀다. 글을 썼다가 지웠다. 다시 썼다가 지우기를 여러 번 했다. 결국 어떤 메시지도 전송하지 못했다. 모두 뻔한 위로처럼 느껴졌다. 톡 한 통으로 자책감에서 벗어나려는 것 같았다.

결국 핸드폰을 베개 옆에 던져 버리고 침대에 대자로 누워 눈을 감았다. 불현듯 생각 하나가 스쳐 지나갔다. 눈을 떴다. 이를 악물고 버틴 게 정말 버틴 걸까? 모리는 의심이 들었다. 직전에 방영된 〈K-아이돌스타〉 방송에서 눈물을 흘리며 노래를 부르던 리온의 모습이 아무래도 마음에 걸렸다. 그때는 노래에 몰입해서라고 생각했는데 어쩌면 아닐 수도 있었다. 형식적인 위로밖에 건넬 수 없어도, 리온에게 '괜찮다'는 말을 들어야 할 것 같았다. 그 말이 아니어도 좋았다. 어떤 반응이라도 보였음싶었다.

모리는 핸드폰을 다시 집어 들고 리온에게 톡을 보냈다.

너 괜찮아?

　모리는 대화창을 뚫어지게 봤다. 숫자 1이 얼른 사라지기를 바랐지만 아무런 반응이 없었다. 숫자가 박제된 듯 사라질 기미가 보이지 않았다. 초조했다. 자리에서 일어나 컴퓨터 전원을 켰다. 리온에게 페인트그램 디엠이라도 보내야겠다 싶었다.

　리온의 페인트그램 최근 게시물에 좋아요 수가 엄청났다. 팔로워도 상당했다. 예전 게시물에 달린 최근 댓글은 거의 팬들이 단 것이었다. 〈K-아이돌스타〉 하차 소식 때문인지 댓글에는 응원하는 내용이 가득했고, 모두 리온을 좋아하는 것 같았다. 맥락 없는 악플도 있었지만 눈에 띄지 않을 정도였다. 페인트그램에 올라와 있는 사진 속 리온은 행복해 보였다. 꿈을 향해 달려가는 모습이 멋졌다. 친엄마가 자신을 버렸다는 기억에 늘 불안감을 안고 산다는 그 말을 믿을 수 없을 정도로, 리온은 티 없이 밝았다.

　모리는 핸드폰을 다시 확인했다. 1은 여전히 사라지지 않았다. 잠이라도 들었나 싶었다. 잠시 망설이다가 통화 버튼을 눌렀다. 컬러링이 흘러나왔다. 리온이 〈K-아이돌스타〉에서 부른 노래였다. 노래를 듣자 할머니 말처럼 엄마가 떠올랐다. 컬러

링이 끝나자 '지금 고객님께서 전화를 받을 수 없습니다……'
로 이어지는 음성메시지가 나왔다. 모리는 애써 불안한 마음을
잠재웠다. 다시 전화를 걸었지만 역시나 받지 않았다. 불안한
마음이 더 커졌다. 마냥 기다릴 수 없었다.

"어디 좀 다녀올게요."

"해 졌는데 어디를?"

"친구가 집 앞에 왔대요. 금방 올게요."

"너무 늦지 않게 들어와."

"네."

모리는 빠르게 걸으며 수석에게 전화를 걸었다. 수석은 리
온과 같은 중학교를 나왔다.

"윤리온 사는 곳 알지?"

"그건 왜?"

"어딘지 대답부터 해. 급해."

"무슨 일 있는 거지? 나도 갈게."

수석은 리온이 사는 아파트 위치를 알려 줬다. 리온이 사는
아파트 경비실 앞에서 보기로 하고 전화를 끊었다. 지도 앱을
켜서 길을 찾던 모리는 갑자기 손이 떨렸다. 불길함이 불길처
럼 일어 심장이 타버릴 것 같았다. 결국 버스를 타려다가 포기
하고 택시를 잡아탔다. 가는 동안 머릿속에서 온갖 시나리오를
썼다. 기운이 없어서 핸드폰을 못 보는 걸 수도 있어. 그래, 그

래서일 거야. 모리는 혼잣말을 하며 불안을 밀어내려 했다. 한기를 느끼면서도 손에 땀이 배었다.

택시에서 내릴 때였다. 경찰차와 구급차가 연달아 모리를 지나 아파트 단지로 들어갔다. 누가 쓰러지기라도 했나 생각하며 경비실 앞에서 수석을 기다렸다. 해가 진 지 한참이라 사람들이 아파트 앞에 모여 있었는데 얼굴이 잘 보이지 않았다. 경비실은 불이 들어와 있었지만, 경비 아저씨는 자리에 없었다. 모리는 고개를 들고 둘러보며 아파트 동 수를 확인했다. 리온이 사는 103동은 경비실 왼편에 있었다.

"모리야."

수석이었다.

"가보자."

수석이 고개를 끄덕였다. 두 사람이 103동을 향해 걷는데 여자가 울부짖는 소리가 들렸다.

"리온아!"

모리는 소리가 나는 곳으로 고개를 돌렸다. 소름이 척추를 타고 올라왔다. 택시를 타고 오는 내내 느껴지던 한기가 모리의 온몸을 덮었다. 설마, 이름이 같은 사람이겠지. 그럴 리 없어. 꿈이 있잖아. 친엄마를 찾는다고 했잖아. 속으로 말을 되뇌며 폭죽 터지듯 터지는 두려움을 모른 체했다.

"물러서세요. 비켜 주세요."

사람들이 양쪽으로 비켜나며 길을 내주었다. 구급대원들은 천으로 덮은 누군가를 들것에 옮겨 들고 급하게 구급차로 향했다.

"안 돼! 리온아 안 돼!"

"보호자분 비켜 주세요. 이러시면 안 됩니다."

구급대원은 들것을 잡고 울부짖는 여자를 떼어 내며 말했다.

"제발, 제발 살려 주세요. 하나뿐인 내 딸이에요."

"우선 타세요. 얼른 병원으로 가야 합니다."

여자가 구급차에 힘겹게 오르는 모습이 보였다. 구급차는 곧 빠르게 아파트를 빠져나갔다.

"조사가 끝날 때까지 바리케이드를 쳐놓겠습니다. 불편하시더라도 한동안 양해해 주시기 바랍니다."

경찰이 나서서 주변을 정리했다. 아파트 가로등뿐만 아니라 동원할 수 있는 모든 조명이 이곳을 밝히고 있었다. 어둠 따위는 발을 못 붙일 만큼 선명했다. 그런데도 아파트 단지를 둘러싼 분위기는 어둠보다 더 짙었다. 사람들의 침묵이 차가운 콘크리트 아파트 건물만큼 냉랭했다.

모리는 현실 감각이 없었다. 사고 당사자가 리온이 아닐 거라고 믿으면서도 제대로 숨을 쉴 수 없었다. 냉장고에 갇힌 기분이 들었다. 귓가에 들리는 목소리도 환청 같았다. 겨우 수석을 돌아봤다. 가로등에 비친 수석의 얼굴도 돌덩이처럼 굳어 있었다. 핏기 없이 창백했다.

경찰차가 아파트 단지를 빠져나갔다. 멀리서 경비 아저씨가 걸어오고 있었다. 모리는 경비 아저씨가 손에 잡힐 만큼 가까워지자 떨리는 목소리로 물었다.

"아저씨, 무슨 일이에요?"

"103동에서……. 그런데 너희 학생 아니야? 시간이 몇 신데 집에 안 가고 여기 있어. 얼른들 들어가. 부모님 걱정하신다."

경비 아저씨는 말을 하다 말고 손을 휘휘 저었다. 그때 수석이 나섰다.

"103동이요? 제 친구가 103동에 사는데, 연락이 안 돼요. 무슨 일인지 알려 주실 수 없을까요?"

"그래? 애들한테 이런 말을 해도 되나 몰라. 에잇. 친구가 103동이라니까 혹시 몰라서 말해 주는 거야. 103동에 엄마랑 고등학생 딸 둘이 사는 집이 있는데, 그 집 딸이 아파트 베란다에서 뛰어내렸어."

"이름이요. 이름이 뭐예요?"

"난들 아나. 사람들이 그러더만. 요즘 텔레비전에 그 오디션인가 뭔가에 나온다고. 어린 게 무슨 고민이 그렇게 많다고…… 쯔쯔. 이제 그만 집에 돌아들 가."

경비 아저씨는 말이 끝나자 경비실로 들어가 버렸다. 모리는 자리에 우뚝 섰다. 어떻게 해야 할지 몰랐다. 자신을 다스리던 말들이 허공으로 사라지며 산산이 부서졌다. 불안과 두려움은 날카로운 얼음 칼이 되어 모리를 찔러 댔다.

리온은 잘 견디던 게 아니었다. 마음을 결정할 시간이 필요했던 모양이었다. 하지만 모리는 그런 거라고 믿고 싶지 않았다. 믿을 수가 없었다. 아니, 믿어서는 안 되는 일이었다.

모리가 수석을 보지 않고 멍한 얼굴로 말했다.

"우리 꿈꾸는 거지?"

"리온이한테 미안해서 어떡해? 아직 사과도 못했는데……."

수석은 이미 울고 있었다.

"울지 마. 우니까 진짜 같잖아. 윤리온 집에 있을 거야. 집으로 가보자."

모리가 앞장섰다. 수석이 모리의 옷자락을 잡았다.

비공개 증거

엘리베이터가 도착하자 모리는 빠르게 올라타 7층 버튼을 눌렀다. 엘리베이터에는 병문안을 온 듯한 사람들로 가득했다. 3층과 6층에서 많은 사람이 내리고 탔다. 7층 버튼에 불이 꺼지면서 엘리베이터 문이 열렸다.

모리는 702호 병실 앞 복도 한구석에 놓인 긴 의자에 앉았다. 얼마나 지났을까 드르륵 소리와 함께 병실 문이 열렸다. 그날 울부짖으며 리온을 부르던 그 여자였다. 리온의 엄마였다. 모리는 고개를 돌렸다. 리온의 엄마가 자신의 존재를 알아볼까 싶어서였다. 그날 리온은 나뭇가지에 걸렸다가 떨어진 까닭에 다행히 생명은 구했다

다시 한번 702호 병실 문이 열렸다가 닫혔다. 모리는 일어나서 병실 가까이로 다가갔다. 텔레비전 소리가 밖으로 새어

나왔다. 병실 문에서 살짝 비켜서서 귀를 기울였다. 리온의 인기척이라도 들릴까 싶어서였다. 만약 그렇다면 의식이 돌아왔다는 뜻이니까.

모리는 리온의 엄마를 마주할 자신이 없었다. 누구냐고 물어보면 '친구'라고밖에는 답할 수 없었다. 그다음을 감당하기 어려웠다. 친구라고 말하는 순간, 분명 리온의 학교생활과 친구 관계를 물을 게 뻔했다. 모리는 설명할 자신도 없었고, 말하고 싶지도 않았다. 그렇지만 오늘 유난히 리온이 신경 쓰였다. 병원에 와봐야 할 것 같았다. 어젯밤 불법촬영물을 유포한 사람이 검거됐다는 뉴스를 봤기 때문이다.

모리는 용기를 내 병실 문을 살짝 밀었다. 그 순간, 누군가 의자에서 일어나는 소리가 들렸다. 곧이어 혈압 측정기와 주사기를 담은 트레이를 든 간호사가 모리 앞에서 병실 문을 열었다.

"먼저 들어가세요."

갑작스러운 간호사의 목소리에 모리는 당황했다.

"아, 아니요……. 이제 가려고요."

모리가 문에서 비켜서자 간호사는 문을 닫고 모리를 지나쳐 갔다. 모리는 문이 잠깐 열리고 닫히는 사이 병실 안을 살피려 고개를 뻗었다. 리온이 보일까 했지만 아무것도 보이지 않았다. 발길을 돌려 다시 의자에 앉아 702호 병실 문을 바라만

봤다. 역시 오늘도 못 보나, 하고 생각하면서.

드르륵. 아까 그 간호사가 다시 병실 문을 열었다. 모리는 괜히 딴청을 피웠다.

"보호자분, 지금 담당 선생님께 설명 들으시면 됩니다."

간호사의 말소리가 들렸다. 모리는 슬쩍 고개를 돌렸다. 리온의 엄마가 간호사와 함께 병실을 나섰다. 리온의 엄마가 담당 의사를 만나러 가는 모양이었다. 시간이 조금 날 것 같았다. 모리는 재빨리 움직였다. 702호 병실로 들어갔다. 병실에는 침대가 네 개였고, 한 침대 빼고는 모두 커튼이 쳐져 있었다. 심장이 두근거렸다. 문에서 가장 가까운 자리의 커튼을 살며시 걷었다. 모르는 사람이었다. 모리는 죄송하다는 표시로 목례를 하고, 그 옆 창가 자리 침대의 커튼을 걷었다. 리온이었다.

사고 이후 리온을 보는 건 처음이었다. 리온은 무표정한 얼굴로 눈을 감고 있었다. 이마와 팔에 붕대가 감겨 있었고, 얼굴에는 흉터가 가득했다. 부르튼 입술도 눈에 들어왔다. 모리는 카페에서 입술을 깨물던 리온의 모습이 떠올랐다.

리온이 누워 있는 침대 머리 쪽으로 다가갔다. 리온의 입술 사이로 삽입된 튜브와 튜브를 고정하기 위해 입가에 붙여 놓은 면 반창고가 눈에 띄었다. 얼마나 답답할까. 모리의 미간이 저절로 좁혀졌다.

모리는 겨우 참고 있던 숨을 내뱉었다. 시원하지 않았다. 창문에는 블라인드가 쳐져 있었다. 블라인드를 걷어 올렸다. 리온의 눈가에 빛이 닿으면 혹시 인상이라도 쓰지 않을까 싶었다. 목구멍으로 울컥 열기가 올라왔고, 모리는 이를 꽉 물었다. 내가 좀 더 빨리 움직였더라면, 그 쓰레기들을 빨리 지워 줬더라면, 나서서 단톡방을 폭파했다면, 정진욱에게 주먹을 날렸더라면, 그러면 달라졌을까? 그럼 리온이 지금 이 모습은 아닐 텐데…….

문이 열리는 소리가 들렸다. 모리는 얼른 몸을 돌렸다.

"누구? 리온이 친구니?"

리온의 엄마였다. 모리는 친구라는 말이 차마 입 밖으로 나오지 않았다. 리온이 이렇게 될 때까지 두고 보기만 한 자신이 과연 친구라고 할 수 있을까?

"아, 아니요. 여기."

모리는 리온의 옆자리 침대를 가리켰다. 리온의 엄마는 더 묻지 않았다. 모리는 꾸벅 인사를 하고 서둘러 병실을 빠져나왔다. 주먹을 꽉 쥐고 빠르게 걸었다. 병원과 연결된 지하철역에 들어섰다. 퇴근 시간이 지나서인지 붐비지는 않았다. 모리는 핸드폰에 이어폰을 연결하고 리온의 노래 영상을 틀었다. 갖가지 생각이 스쳐 지나갔다.

사고 바로 다음 날, 경찰이 학교에 왔다. 경찰들은 리온이 아파트 베란다에서 뛰어내린 원인을 조사했지만, 아이들은 약속한 듯이 단서가 될 만한 말은 하지 않았다. 괜한 말을 해서 일을 크게 만들지 말라는 선생님들의 단속 아닌 단속도 있었겠지만, 8반 남학생 단톡방에 있던 아이들은 혹시 자신이 연루돼 피해를 볼까 입을 꾹 다물었다. 그리고 며칠 후 리온의 엄마가 학교에 찾아왔다. 교무실에서 고성과 울음소리가 한참 들렸지만, 역시나 나서는 사람은 없었다. 모두가 한마음으로 모르는 체했다.

한 달이 지난 지금은 안절부절못하던 교실 분위기는 사라졌다. 리온이라는 이름만 나와도 긴장하던 모습도 더는 보이지 않았다. 여전히 리온의 빈 책상과 의자가 제자리에 놓여 있었지만, 그마저도 익숙해졌다. 아이들은 그전처럼 수다를 떨었고 핸드폰을 들여다봤다. 리온의 일에 모두 무감각해진 듯 보였다. 모리는 너무 빨리 찾아온 평화로운 교실 풍경이 못마땅했다.

지금까지 모리는 자신이 무얼 해야 할지 판단이 서지 않았다. 돌덩이가 가슴에 얹힌 기분이었다. 하지만 오늘 리온을 본 순간, 행동해야 한다는 걸 깨달았다. 행동하지 않아서 첫 의뢰인도 죽었다. 만약 한 달 전에 자신이 뭐든 했더라면 리온이 벼랑 끝에 서지 않았을지 모른다. 적어도 자기편이 있다는 걸 느끼게만 해줬더라면 조금 더 살아갈 용기를 얻었을지도 모른다.

모리는 리온을 모른 체하고 살 수 없었다. 어떻게든 속죄하고 싶었다. 그러려면 뭘 해야 할지 고민했다. 리온을 찍은 불법

강모리　비공개 증거

촬영물이 어떻게 유포됐는지, 그리고 원본을 가진 사람이 누구인지를 알아내야 했다. 복수하겠다는 마음도 있었지만, 그건 자신이 할 수 있는 일이 아니었다. 나서지 못한 자신도 죄가 없지 않기 때문이다. 다만 리온을 아파트 베란다 위에 서게 한 그들에게 너희가 살인자라는 사실만은 각인시키고 싶었다. 그게 자신이 할 수 있는 최소한의 속죄라고 여겼다.

그동안 모리는 생각을 정리하면서 이것저것을 조사했다. 이제 하나씩 알아보면 된다. 지금 재이를 찾아가는 것도 같은 이유에서였다. 리온의 찐친이라는 재이에게 사건을 풀 실마리가 있을 거라고 짐작했다. 리온은 단톡방의 존재를 알고 재이를 찾아가 자기편이 되어 달라고 애원했다. 비록 재이의 대답은 냉정했지만.

내려야 할 역에 가까워졌다. 역 근처에 재이가 다니는 학원이 있었다. 지하철이 멈추고 모리는 빠르게 역을 빠져나와 학원 건물로 들어섰다. 하지만 재이가 어느 강의실에 있는지 몰랐다.

> 나 강모리야. 너 몇 번 강의실에 있어?

모리는 미톡으로 재이에게 톡을 보냈다. 재이의 전화번호는 일찍이 신상 정보를 알아내며 저장해 뒀다. 톡을 보내자마자 1이 사라졌다. 하지만 기다려도 답장이 없었다. 모리는 학원 데스크 쪽으로 걸었다. 재이가 몇 번 강의실에서 수업을 듣는지 물어볼 생각이었다. 마침 수업이 끝나는 종이 울렸다. 강의실에서 아이들이 우르르 쏟아져 나왔다. 모리는 한쪽 벽에 붙어 아침고 교복을 입은 아이들을 유심히 봤다.

재이를 찾는 건 어렵지 않았다. 모리는 아이들 무리를 뚫고 재이의 팔을 붙잡았다. 재이는 놀란 눈으로 가만 서서 모리를 쳐다봤다. 그리고는 주변을 살피더니 되레 모리의 팔을 잡아끌었다. 모리를 데려간 곳은 학원 건물 뒤편이었다. 가로등 불빛이 희미하게 비쳐 들었다.

"뭐야 너? 윤리온 때문에 학원까지 찾아온 거야?"

재이는 그동안 모리가 전화를 걸어도 받지 않았다. 미톡도 답장 한 번 보내지 않고 읽기만 했다. 재이도 모리를 보는 순간, 왜 자기를 찾아왔는지 알았을 터였다. 재이 입에서 리온의 이름이 알아서 나오는 걸 보며 모리는 확신했다.

"윤리온 이야길 해주면 좋겠어."

"한가한 소리 하지 마. 나 바빠. 그리고 윤리온이랑 엮이는 거 싫으니까 다신 나 찾아오지 마. 연락도 그만해. 어차피 다 씹을 거니까."

"넌 안 슬퍼? 너희 찐친이잖아."

"찐친은 무슨. 같은 중학교 나오면 다 찐친이니?"

재이의 얼굴에 힘이 들어가 있었다. 말 한마디 한마디를 또 박또박 발음했다. 모리는 그게 더 이상했다. 아주 친한 사이가 아니었더라도 학교 아이들은 리온에 관해 이야기하면 억지로 라도 슬픈 표정을 지었다. 특히 여자아이들은 제 일처럼 속상 해했다.

"거짓말은 하지 마. 다 알고 있으니까."

재이 입술이 삐뚜름해졌다.

"뭐래. 쓸데없는 소리 할 거면 나 간다."

재이는 주위를 두리번거리며 집중하지 못했다. 모리는 핸 드폰을 꺼내 사진앨범을 열었다. 정렬된 사진들에서 하나를 찾 아 재이 눈앞에 내밀었다.

"이래도 네가 윤리온이랑 찐친이 아니라고?"

모리가 내민 사진은 리온의 페인트그램에 숨겨진 것이었 다. 사진 속 재이와 리온은 환한 얼굴로 서로를 보며 웃었다. 햄 버거를 먹으며, 분식집을 지나며, 화장실 앞에서 장난을 치며 찍은 사진에서 모두, 두 사람은 즐거워 보였다.

재이는 놀란 눈치였다. 모리가 넘기는 사진 한 장 한 장을 보면서 얼굴이 점점 굳어 갔다.

"이 사진들이 왜 너한테 있어?"

"윤리온 페인트그램에 숨겨진 사진들이야."

"설마 해킹했어? 그거 범죄야."

"그럼 네가 찍은 윤리온 불법촬영물은?"

재이는 눈을 가늘게 뜨고 모리를 노려보더니 입술을 꽉 깨물었다.

"뭘 알고 싶은데."

"윤리온이랑 어떻게 친해졌어?"

"옛날 얘기야. 안 친한 지 꽤 됐어."

"또 거짓말."

"그럼 넌. 넌 윤리온이랑 무슨 관곈데? 설마 좋아해?"

"그런 거 아니야."

"좋아하는 것도 아니면서 왜 이렇게까지 하는데? 말이 안 되잖아."

재이는 긴장한 듯 미간에 힘을 주며 말했다.

"도와 달라면서 자기 페인트그램 아이디랑 비번 알려 줬어. 조사하면서 윤리온이 자기 방에서 찍힌 영상이 유출된 걸 알게 됐고. 그 영상, 네가 찍었지?"

"무슨 근거로? 나 아니야."

재이의 시선이 흔들렸다. 아닌 체하면서도 모리의 눈을 피하고 있었다.

"네가 아니면 누군가 윤리온 노트북에 해킹툴을 심고 캠으로 찍어서 녹화했단 건데, 이상한 건 때마침 노트북이 열려 있었다는 거야. 이상하지 않아?"

모리는 재이의 뻔뻔함에 화가 치밀었지만 온 힘을 다해 참 았다. 흥분하면 자백을 받아 내지 못할 것 같았다.

"설마 노트북 열어 둔 게 나라고 의심하는 거야? 난 해킹툴 이 뭔지도 몰라. 우길 걸 우겨."

재이 목소리가 미세하게 떨렸다. 모리는 재이의 말을 무시 하고 다시 물었다. 재이가 거짓말을 하고 있다고 확신했다.

"다른 카메라 설치하기에는 틈이 없었을 거 같고, 정면 영 상만 있는 걸 봐선 노트북 캠일 확률이 높은데. 정말 너 아니 야? 아 참, 샤워하는 윤리온 뒷모습 찍은 영상은 네 핸드폰으로 찍은 거 맞지? 그런데 그걸 어떻게 찍었어? 샤워하다가 널 부 를 리도 없을 텐데."

"미치겠네."

모리는 재이 눈을 똑바로 봤다. 이제 증거를 내밀 차례였다. 핸드폰을 꺼내 페인트그램에 들어갔다. 로그인 페이지가 뜨자 핸드폰을 재이 앞에 내밀었다.

"네 아이디로 로그인해."

"내가 왜 그래야 하는데?"

"그 영상들. 인터넷이랑 단톡방에 유포되기 전부터 네 페인 트그램에 있었잖아."

"뭔 소리야. 그딴 거 없어."

"그래? 그럼 지금 로그인해서 확인시켜 주면 되겠네."

"싫어. 수업 시간 다 됐어. 가야 돼."

"네가 안 하면 내가 하지 뭐. 며칠 전에 페인트그램 비밀번호 오류 나서 바꿨지? 그거 내가 네 페인트그램 해킹해서 그런 거야."

재이 입이 살짝 벌어졌다. 금세 표정을 되돌렸지만, 말문이 막힌 모양이었다. 모리는 속으로 제발 재이가 인정하기를 바랐다. 리온에게 미안한 마음이 있다면 말이다. 계속 모른 척하면, 그건 친구에 대한 배신이기도 했다. 친엄마에게 버림받았다고 생각하는 리온이 가장 친했던 친구에게마저 버림받는 거였다.

"너 해킹으로 신고할 거야."

모리의 눈썹이 꿈틀거렸다. 애써 참았던 화가 더는 눌러지지 않았다. 목소리를 높이고야 말았다.

"꼭 해! 나도 너 불법 촬영에 유포까지 한 걸로 신고할 테니까."

"뭐?"

"너 맞잖아. 왜 그랬어?"

재이는 아까보다 입을 크게 벌린 채 모리를 쳐다봤다. 하지만 끝내 대답은 하지 않았다.

"윤리온이랑 안 친하다고. 그러니까 나한테 그만 따져!"

"증거가 더 필요해?"

"몰라. 네 맘대로 해!"

재이는 벌컥 소리를 지르고 뒤돌아 가려 했다. 모리가 재이의 팔을 붙잡았다. 그리고 핸드폰 사진앨범을 열어 또 다른 사진을 보여 줬다. 리온이 실을 붙잡고 재이가 그 실을 땋는 모습이 담긴 사진이었다.

매듭팔찌 이야기는 수석이 알려 줬다. 수석은 리온과 중학교를 같이 나와 재이에 관해서도 쉽게 알아봐 줬다. 모리는 중학생이던 리온과 재이가 같이 찍은 사진에서 두 사람이 같은 매듭팔찌를 한 걸 발견했다. 처음에는 큰 관심을 두지 않았다. 지나가는 말로 수석에게 가볍게 물어봤을 뿐이었다. 그런데 수석이 몰랐던 사실을 알려 준 것이다. 중학교 때 학교에 매듭팔찌 동아리가 있었다고 했다.

"내가 할 수 있는 일이라면 뭐든 도울게. 정진욱이 단톡방에서 왜 안 나갔냐고 묻는데 할 말이 없더라. 지켜보기만 한 것도 잘못이잖아. 리온이 그렇게 된 이후로 생각 많이 했어. 어떻게 용서를 빌어야 할지."

수석은 모리에게 고해성사하듯 말했다. 실제로 모리만큼 죄책감을 느끼는 듯했다. 중학교 때 매듭팔찌 동아리 활동을 한 친구를 찾아 직접 모리에게 소개해 주며 몸소 도울 정도였다. 학교 아이들이 모두 리온을 잊은 듯 일상으로 돌아갔는데, 수석은 리온을 잊지 않고 기억하고 있었다. 그렇게 까불고 다니던 녀석이 쉬는 시간에도 자기 자리를 떠나지 않았고, 그렇게 좋아하던 매점에도 가지 않았다.

수석이 소개해 준 매듭팔찌 동아리 친구인 은아는 다른 고등학교에 다녔다. 리온의 소식을 잘 알고 있었다. 전 국민이 열광하는 〈K-아이돌스타〉 톱10에 올랐던 리온이 아파트 베란다에서 뛰어내렸다는 소식은 빠르게 뉴스 기사로 전해졌으니, 모를 리가 없었다. 며칠 동안 인터넷은 리온의 이야기로 시끌벅적했으니까.

모리는 카페에서 은아를 만났다. 은아는 리온을 추억하며 눈물을 글썽였다. 얼마나 친했는지 모르지만 적어도 리온을 좋게 생각했던 것만은 틀림없었다. 은아는 모리에게 핸드폰에 저장된 리온의 사진을 보여 줬다. 동아리 활동을 하던 모습이 담긴 사진들이었다. 매듭팔찌를 만드는 모습, 축제 때 매듭팔찌를 파는 모습과 벼룩시장에서 좌판을 펼치고 정리하는 모습까지.

사진 속에서 리온과 재이는 밝아 보였다. 뭐가 그렇게 재미있는지 눈이 보이지 않을 만큼 눈꼬리를 늘어뜨리며 웃었다. 사진 밖으로 웃음소리가 들리는 듯했다. 리온의 옆에는 늘 재이가 있었고, 재이 주변에는 항상 리온이 있었다. 그중에는 둘이 손을 잡고 있는 사진도 있었다.

모리가 두 사람이 함께 있는 사진을 유독 자세히 들여다보자, 은아는 리온과 재이가 어떤 사이였는지 자세히 설명해 주었다. 그리고 "재이가 리온이 껌딱지였어. 가끔 보면 너무 집착한다 싶을 정도였어"라고 덧붙였다.

모리도 리온과 재이가 떼려야 뗄 수 없는 관계였다는 건 알았다. 그래서 재이가 리온과의 관계를 부정하는 이유가 더욱 궁금했다. 리온의 극단적 선택에 아무렇지 않아 보이는 것도 이상했다. 친구 사이에 얼마든지 싸울 수 있다고 해도, 친구가 죽기로 결심하고 실제로 시도하기까지 했다면 어떤 방식으로든 반응해야 할 텐데 재이는 무덤덤해 보였다. 그 어디에도 슬픈 기운이 엿보이지 않았다. 도대체 두 사람 사이에 무슨 일이 있던 걸까?

모리는 재이가 페인트그램에 비공개로 써놓은 글이 떠올랐다. 마치 리온을 저주하는 듯한 그 글들만 보면 재이는 리온에게 무슨 짓이든 할 법했다. 정말 그런 것이라면 이만한 복수도 없을 터였다.

모리는 핸드폰을 재이에게 더 가까이 들이밀며 말했다.

"이거 보고도 생각나는 게 없어?"

모리가 내민 매듭팔찌 사진을 보면서 재이는 황당하다는 표정을 지었다. 이게 무슨 증거냐는 듯이 비웃었다.

"중학교 때 동아리 활동한 거잖아. 이게 뭐?"

"그때 친한 애들끼리 똑같은 매듭팔찌 만들어 끼는 게 유행이었다며?"

"그래서?"

모리는 무심하게 빠져나가는 재이에게 점점 화가 났다. 재이는 모리가 내미는 어떤 증거에도 끝까지 아니라고 우기기만 했다. 모리는 핸드폰에서 새로운 사진을 찾아 다시 재이에게 내밀었다. 리온과 재이가 맞잡은 두 손을 가슴 높이까지 올린 모습이 담긴 사진이었다. 두 사람은 고양이 캐릭터 모형이 달린 매듭팔찌를 손목에 차고 있었다. 재이는 사진을 보면서도 이해를 못하는 눈치였다. 모리는 그다음 사진으로 넘겼다. 두 사람의 손목만 확대해 찍은 사진이었다.

"손목에 이 매듭팔찌, 너랑 윤리온이 맞춘 거지. 네가 자랑하는 사진이 많더라."

"그게 내가 윤리온 영상 찍었다는 증거는 아니잖아."

"윤리온이 집에서 찍힌 영상 보면 한쪽 구석에 체크무늬 셔츠 입은 사람이 있어. 소매 부분만 찍혀서 잘 안 보였지만 확대하니까 알겠더라. 픽셀이 좀 깨지기는 해도 형태는 그대로였거든. 그 옷 말이야. 네 페인트그램 사진에 많이 보이더라? 그래서 알았지. 체크무늬 셔츠에 윤리온과 같은 매듭팔찌를 낄 수 있는 사람은 민재이 너뿐이라는 걸. 아, 합성 걱정은 하지 마. 합성인지 아닌지 확인하는 프로그램 돌려 보니 영상에 나온 옷과 네 사진에 나온 옷 똑같더라. 일치도 백 퍼센트였어."

재이의 얼굴에 핏기가 사라졌다. 숨을 쉬지 않는 것처럼 느껴졌다. 그러나 모리는 신경 쓰지 않았다. 하려던 말을 이었다. 마지막 도장을 찍듯이 정확하게 '범인은 너야'라고 말해야 했다.

"이제 알겠지? 이 영상은 윤리온을 찍은 거지만, 그때 네가 윤리온과 함께 그 방에 있었다는 증거이기도 해."

모리는 차분하게 말하는 자기 모습에 놀랐다. 재이는 어찌할 바를 모르는 표정을 짓다가 고개를 떨궜다. 잠시 침묵이 이어졌다.

모리는 답답했다. 재이가 빠져나갈 말을 생각하나 싶었다. 그러나 이번에는 그것도 쉽지 않을 터였다. 모리는 재이가 어떤 행동을 하더라도 넘어가지 않겠다고 단단히 마음먹었다.

리온이 재이를 찾아 1반 교실에 갔을 때, 재이는 다른 아이들이 보는 앞에서 리온에게 처신을 똑바로 하라고 표정 하나 바뀌지 않고 말했다. 모리는 지금도 재이의 말을 이해할 수 없었다. 그 말이 잘못을 저지른 남자들이 자기합리화를 위해 하는 지독한 변명이라는 걸 모르지 않을 텐데, 왜 그런 말을 했는지 도무지 납득이 가지 않았다.

참다못한 모리가 침묵을 깼다.

"왜 그랬어?"

"내 잘못 아니야. 잘못은 윤리온이 먼저 했어."

재이는 덜덜 떨리는 주먹을 숨기려 주먹을 꽉 쥐었다. 금방 울음을 터트릴 듯 눈이 붉어졌다.

"어떻게 된 일인지 설명해 줄래?"

"난…… 난…… 진짜 아무것도 몰라. 정말 나 아니란 말이야."

말을 더듬으며 재이는 사실을 인정하지 않았다. 결정적인 증거를 보고도 여전히 아니라고 하는 재이 모습에 모리는 이성을 잃고 말았다.

"끝까지 우길 셈이야? 그런다고 네가 한 행동이 지워질 것 같아? 넌 살인자나 다름없어. 네가 찍은 그 영상이 윤리온을 베란다 위에 세운 거야. 윤리온은 너 때문에 죽을 뻔했다고!"

재이가 자리에 주저앉았다. 고개를 숙인 채 결국 눈물을 터트렸다. 흐느끼는 소리가 들렸다. 모리는 그만 돌아가야겠다고 생각했다. 재이가 흘리는 눈물은 보고 싶지 않았다. 눈물로 속죄할 수는 없었다. 눈물로 리온의 상처를 아물게 할 수는 없었다.

"난, 잘못한 거 없다고."

모리는 재이의 울음 섞인 목소리가 연기처럼 아무 소용없게 들렸다.

"끝까지 네가 아니다 이거지? 그럼 내가 알아낼게. 하나도 빠짐없이 알아내서 경찰에 신고할 거야. 만약 법으로 처벌하지 못한다면 내가 할 수 있는 모든 걸 해서라도 대가를 치르게 할 거야. 학교 홈페이지부터 단톡방, 방송국, 신문사, 인터넷까지 전부 뿌릴 테니 각오해. 윤리온은 자기를 포기했는데, 가해자인 네가 아무 일 없었다는 듯이 사는 게 말이 안 되지. 안 그래?"

"나 아니라고!"

재이는 소리를 질렀다. 뺨에 흐르는 눈물을 닦을 생각도 않고 계속 자신의 잘못이 아니라는 말만 되풀이했다.

"그럼 말해 봐. 어떤 변명이라도 좋으니까 알아듣게 설명해 보라고."

하지만 재이는 끝내 인정하지 않았다. 오히려 거칠게 눈물을 닦아 내더니 모리의 눈을 똑바로 보면서 말했다.

"네가 무슨 정의의 사도인 것처럼 구는데, 너도 똑같아. 너는 한 번도 야동 본 적 없어?"

모리는 말문이 막혔다. 한 번도 보지 않은 건 아니었다. 디지털 장의사를 하면서 흔히 야동이라고 부르는 영상들이 사실은 성착취물과 다르지 않다는 걸 알고 완전히 끊었다. 그렇다고 해도 과거의 잘못이 사라지지는 않는 법이었다.

"없다고는 못하지만 분명한 건 이젠 안 봐. 딴소리로 논점 흐리지 마."

말은 그렇게 하면서도 모리는 마음 한편이 무거웠다.

"결국 네가 저질렀던 잘못 덮으려는 거네. 네 죄책감 덜려고 윤리온 위하는 척, 대신 복수해 주는 척 오지랖 부리는 걸로 알면 되는 거지?"

모리는 대답할 수 없었다. 재이가 하는 말이 전부 틀렸다고 하기도 어려웠다. 자신이 정말 순수한 마음으로 리온의 일을 조사하려 하는 것인지 알 수 없었다. 진심을 의심받는다는 생각에 모든 것이 흔들렸다. 생각이 깊어지자 갑자기 심장이 쿵쾅거렸다.

"아니……."

모리가 겨우 대답하자 두 사람의 상황이 뒤바뀌는 듯했다. 재이는 아까보다 한결 차분해 보였다. 울먹임은 어느새 사라졌다. 평소와 같은 목소리로 말했다.

"네가 윤리온 일 캐는 거 달가워하는 사람 얼마나 될 거 같아? 만약 네가 뭔가 알아낸다고 하더라도 넌 아무것도 할 수 없어. 내가 장담해."

장담……. 재이는 무엇을 아는 걸까? 리온의 일을 밝혀내도 모리가 할 수 있는 건 없다고, 어떻게 확신하는 걸까? 재이의 표정은 정말 확신에 차 보였다. 치기로 뱉은 말은 아닌 것 같았다. 모리의 마음에 다시 불안감이 스멀스멀 올라왔다.

고백

집에 돌아온 재이는 곧장 침대에 누웠다. 학원으로 찾아온 모리 때문에 쉬이 잠이 오지 않았다. 초조함에 눈을 감지 못하고 어두운 방 천장을 응시하다가 리온을 떠올렸다.

초등학교 때 재이는 성격이 소심해서 반에서 왕따 아닌 왕따였다. 따돌림을 당한 건 아니었지만, 먼저 어울리지 못하는 탓에 삼삼오오 모인 친구들 무리 어디에도 끼지 못했다. 리온은 그런 자신에게 먼저 다가와 준 유일한 친구였다. 리온은 말 재주도 좋았고, 웃기도 잘 웃었다. 웃음이 헤픈 사람처럼 시시한 농담에도 곧잘 웃음을 터트렸다.

재이는 리온이 자신의 친구라는 게 좋았다. 그래서 이왕이면 가장 친한 친구가 되고 싶었다. 그런 마음에서 우러난 노력 때문이었을까? 리온은 재이에게 비밀을 털어놓았다. 자신의 엄마가 친엄마가 아니라는 사실을 고백한 것이다. 재이는 그 이 야기를 들었을 때 진심으로 기뻤다. 마음 깊은 곳에 있는 아픔 을 공유한다는 건, 리온에게 그만큼 중요한 존재라는 뜻이니까. 재이가 리온에게 껌딱지처럼 붙어 다녔던 것도 그때부터였다.

그러나 리온은 오롯이 재이만 바라보는 친구일 수 없었다. 타고나길 밝고, 붙임성이 좋아 누구에게나 친절했다. 첫 만남 에 친구가 되고 싶은 그런 아이였다. 처음에 재이는 그런 리온 이 신기했다. 친엄마가 버린 아이, 게다가 양아버지도 없는 아 이였지만, 리온은 자신이 처한 상황과 상관없이 늘 씩씩해 보 였다. 만약 자신이 리온과 같은 상황이었다면, 끊임없이 처지 를 탓하며 자신을 비련의 여주인공으로 만들었을 터였다.

그런데 리온을 알면 알수록 재이는 화가 났다. 리온이 다른 친구들과 웃는 모습을 보면 속이 뒤틀렸다. 그래서 리온에게 뾰족한 말을 종종 내뱉었다. 리온이 상처받으면 좋겠다고 생각 하면서. 그래도 리온은 무던했다. 재이가 투덜대고 토라질 때 마다 늘 먼저 와서 달랬다.

"내 마음속 찐친 중 찐친은 재이 너야"

리온에게 그런 말을 들으면 재이는 리온이 자신의 뾰족한 말에 상처받지 않아 다행이라고 생각하면서도 동시에 더 화가 났다.

재이는 침대에서 몸을 뒤척이다가 옆으로 누웠다. 여전히 리온과의 추억들이 머릿속에서 움직이고 있었다.

가장 행복했던 시간은 중학교 3학년 시절이었다. 리온과 매듭팔찌 동아리 활동을 하던 때였다. 학교 근처에서 축제가 열린 날, 동아리 친구들과 함께 그동안 만든 매듭팔찌를 가지고 축제 장소로 갔다. 그곳에서 바닥에 좌판을 펼치고 매듭팔찌를 팔았다. 모두가 눈치를 보며 쭈뼛거릴 때 리온이 사람들을 모으기 위해 앞에 나가 노래를 부르고 춤도 췄다. 영락없이 끼가 넘쳤다. 그런 리온 덕분에 지나가는 사람들이 한두 명씩 모여들었고 가져 온 팔찌도 모두 팔았다.

"어쩌다 이렇게 된 걸까? 이렇게 되길 바란 건 아니었는데……."

재이는 핸드폰에 저장된 리온의 사진을 보면서 혼잣말을 했다. 리온을 만나기 전까지 재이는 자신이 세상에서 가장 불행한 아이라고 생각했다. 아빠가 운영하는 회사가 부도나면서 집이 어려워졌고, 엄마는 집안일 외에도 나가서 저녁 늦게까지 여러 일을 했다. 시간이 갈수록 엄마는 표정이 어두워졌고, 말수가 줄었고, 대신 한숨이 늘었다.

재이는 양엄마와 단둘이 어렵게 살아가는 리온을 보며 위안을 얻었다. 하지만 기대와 달리 리온은 불행하지 않았다. 리온에게는 꿈이 있었다. 그리고 그 꿈을 향해 하나씩 단계를 밟아 나갔다. 무엇보다 리온의 엄마는 리온을 지지해 주었다. 재이는 그것이 가장 부러웠고, 나중에는 샘이 났다.

결정적으로 재이가 리온에게 마음이 멀어진 건 리온이 가수가 되겠다며 연습을 시작하고부터였다. 불과 얼마 전이었다. 고등학교 1학년 여름방학 때부터 리온은 보컬 학원에 다녔다. 어느 날 재이는 리온에게 학원 수업을 빼먹고 영화를 보러 가자고 졸랐다. 다른 때 같으면 흔쾌히 그러자고 했을 리온이 그날은 달랐다.

"곧 오디션 프로그램이 시작할 거래. 거기 나가 보려고. 그래서 한동안 연습에 매진해야 할 것 같아. 영화는 다음에 보자"

리온은 재이의 제안을 거절했다. 지금 돌이켜 보면 당연한 일이었다. 하지만 그날 재이는 화를 참을 수 없었다. 리온의 꿈에 자신은 뒷전이 된 것 같았다. 재이는 겉으로 응원하는 척했지만 내심 '그렇게 큰 오디션 프로그램에 어떻게 네 따위가 붙겠어'라고 생각했다. 분명 떨어질 거라고 믿었다. 사실은 제발 떨어지길 바랐다. 위로는 오롯이 자기 몫이 될 테니 말이다. 재이는 이 세상에 리온이 속을 터놓고 슬퍼할 상대가 자신뿐이라고 확신했으니까.

하지만 리온을 기다리는 건 쉽지 않았다. 학교가 끝나면 하루도 빼놓지 않고 연습을 하러 가버리는 모습을 보면서 재이는 외로움을 느꼈다. 리온이 다가와 주기 전까지 분명 혼자였는데, 이제는 혼자가 싫었다. 전보다 더 쓸쓸했다.

진욱을 만난 건 그 무렵이었다. 피시방에서 게임을 하면서 시간을 보내는데 재이 옆자리에 진욱이 앉았다. 그때까지만 해도 재이는 진욱을 몰랐다. 자신은 1반이었고, 진욱은 8반이었으니까.

재이는 주문한 음료수를 받다가 진욱과 눈이 마주쳤다.

"너 윤리온 친구지? 우리 반 온 거 몇 번 봤어."

진욱이 먼저 재이를 아는 체했다. 재이는 떨떠름하게 인사했지만, 어색함은 잠깐이었다. 둘은 같은 게임을 하고 있었다. 어쩌다 보니 자연스럽게 같은 팀을 먹고 다른 팀과 붙었다. 진욱은 욕을 아무렇지 않게 했다. 재이도 따라서 욕을 했다. 속이 시원했다. 진욱과 함께 게임을 하면서는 리온을 잊을 수 있었다. 온라인에서 새로운 친구를 사귄 것 같기도 했다. 그날 재이와 진욱은 게임에서 이겼다. 재이는 누군가와 팀을 이뤄 게임을 하고 이기는 것이 오랜만이었다. 즐거웠다.

진욱과 피시방에서 나온 재이는 집으로 바로 가지 않았다. 같이 시내를 돌아다녔고, 패스트푸드점에 가서 저녁을 먹었다. 리온과 함께할 때와는 다른 느낌이었다. 진욱이 이성이라서 그런지 묘하게 설렜다.

"나랑 사귈래?"

툭 하고 내뱉은 진욱의 말에 재이는 미소가 절로 지어졌지만, 애써 내색하지 않았다.

"나 좋아해? 우리 겨우 게임 한 판 한 사이인데?

"오래 봐야 아나? 게임하는 거 보면 알지. 나하고 잘 맞을 거 같아."

재이는 진욱의 말에 설득됐다. "좋아"라는 대답이 저절로 입에서 나왔다. 그러자 진욱이 망설임 없이 재이의 손을 잡았다. 재이는 순간 놀라기는 했지만 겨우 손잡는 걸로 촌스럽게 굴고 싶지 않았다.

그날 이후 매일 진욱을 만났다. 친구들에게는 사귀는 걸 비밀로 하자는 진욱의 말에 학교에서 마주쳐도 모른척했다. 그래야 할 것 같았다. 어느새 재이는 리온의 존재를 잊었다. 진욱이 리온 대신이었다.

사건이 일어난 건 진욱과 사귀고 한 달쯤 지났을 때였다. 그날 진욱은 가족들이 해외여행을 가서 집에 아무도 없다며 놀러 오라고 했다. 재이는 떨리는 마음으로 초대에 응했다. 학교에서 진욱의 소문이 좋지 않다는 건 재이도 알았다. 사고를 쳐도 부모님이 학교에 오면 다 해결된다는 말이 아이들 사이에서 떠돌았다. 하지만 재이 눈에는 그것도 멋있었다. 자기 부모님에게는 없는 능력이었다. 오히려 그런 부모님을 둔 진욱이 자신의 남자친구라는 사실이 신기했고 뿌듯하기까지 했다.

오래된 다세대 주택에 사는 재이와 달리, 진욱의 집은 유명한 브랜드 아파트였다. 방만 다섯 개였다. 재이는 이 큰 집의 청

소는 누가 다 하는지 궁금했다. "로봇청소기도 있고, 일주일에 한 번씩 도우미 아주머니가 오셔"라고 진욱이 무심하게 대꾸했다. 높은 층에서 바라보는 세상은 아래에서 보는 것과 느낌이 달랐다. 이런 곳에서 살려면 얼마나 부자여야 할까? 재이는 조금 들뜨기도 했다.

진욱은 어른 흉내를 내듯이 커피머신에서 커피를 내리고 냉장고에서 조각 케이크를 꺼내 자기 방으로 재이를 데려갔다. 책상에 커피와 케이크를 내려놓았다.

진욱의 방은 재이 방보다 두 배는 커 보였다. 가구들은 고급스럽고 새것처럼 깨끗했다. 진욱이 머그잔을 내밀었다. 재이는 잔을 받다가 진욱과 손이 스쳤다. 평소에도 손을 잡고 다니는데도 당황스러웠다. 재이는 진욱을 봤다. 진욱은 아무렇지 않아 보였다. 재이는 괜히 혼자 긴장했다고 생각했다.

책상에는 노트북만 말끔히 놓여 있었다. 재이는 노트북 앞에 앉으며 말했다.

"남자들은 야동 많이 보던데, 너도 보지?"

진욱은 긍정도 부정도 하지 않았다.

"그럼 내가 한번 찾아볼까?"

재이가 인터넷 창을 열었다. 그때 진욱이 갑자기 노트북을 덮었다. 진욱의 얼굴이 재이 목덜미까지 다가왔다. 숨결이 느껴질 정도로 가까웠다. 재이가 뒤를 돌자 진욱은 망설임 없이 재이 입술에 가볍게 입을 맞췄다. 재이의 눈이 커졌다.

"처음이야?"

진욱의 물음에 재이가 고개를 끄덕이자, "촌스럽게"라고 진욱이 말했다. 촌스러운 게 맞았다. 재이는 요즘은 첫 키스를 초등학생 때 한다는 이야기를 떠올렸다.

"내가 키스하는 법 가르쳐 줄까?"

재이는 다시 눈이 동그래졌지만, 싫다고 거절하지 않았다. 진욱이 입을 맞춰 오자 재이는 눈을 감았다. 키스하는 내내 긴장했다. 키스는 달콤하다고 하던데, 재이는 정말 달콤한지 솔직히 잘 몰랐다. 입 맞추는 소리와 진욱이 움직임에만 온통 신경이 쏠렸다. 키스가 길어지자 진욱의 손이 재이 가슴으로 올라왔다. 재이는 놀라서 진욱을 밀쳤다.

"그래. 오늘은 여기까지."

진욱은 능숙했다. 재이의 반응을 이해한다는 표정이었다. 아무래도 더 여기 있으면 안 될 같았다. 재이는 핑계를 대고 서둘러 아파트를 나섰다. 그래도 내심 자신이 거절하자 멈춘 진욱에게 믿음이 갔다. 하지만 진욱을 끝까지 거부하지는 못했다. 한 번 시작된 스킨십은 계속됐다.

어느 날, 진욱은 재이에게 가슴이 보고 싶다고 말했다. 재이는 고민했지만 사랑하는 사이니까 그럴 수도 있겠다는 결론을 내렸다. 결국 진욱에게 가슴을 보여 줬다. 진욱은 사진을 찍으면 안 되냐고 물었다. 재이는 당연히 안 된다고 했다. "밤에 네가 보고 싶을 때 보려는 거니까 허락해 줘"라고 애교를 부리며 재차 조르자, 재이는 자신을 얼마나 사랑하면 이러나 싶어 허락하고 말았다. 그런데 그게 시작이었다. 진욱은 점점 더 높은 수위를 요구했고, 재이가 더는 받아들일 수 없는 지경에 이르렀다. 두 사람 사이에 찬바람이 불기 시작했다.

진욱은 금세 가면을 벗었다. 재이를 불러내더니 대뜸 리온의 벗은 몸을 몰래 찍어 오라고 요구했다.

"내가 어떻게 그런 짓을 해? 리온이 내 친구야."

재이는 단박에 거절했다. 그러나 진욱은 집요했다.

"네가 끝까지 못하겠다면, 네 사진들 인터넷에 뿌릴 거야. 나 원망하지 마라."

진욱의 말을 듣는 순간 재이는 눈앞이 캄캄해졌다. 진욱에게 온갖 욕과 막말을 쏟아 냈지만 진욱은 꿈쩍하지 않았다. 계속 같은 것을 요구할 뿐이었다. 마침 리온이 〈K-아이돌스타〉에 막 참가했을 때였다. 오디션 예선에서 리온의 깨끗하고 기교 없는 목소리에 반한 사람들이 인터넷에서 리온을 치켜세웠다. 리온은 인기가 하루가 다르게 치솟았다.

재이는 생각할 시간이 필요하다고 말했지만 진욱은 개의치 않았다. 오히려 USB 하나를 건네며 재촉했다.

"해킹툴이야. 정 네가 하기 어렵다면 이걸 윤리온 노트북에

심기만 해. 그리고 적당한 상황에 노트북 열어 둬. 그럼 노트북 캠에 찍히는 윤리온을 내 노트북으로 볼 수 있으니까 내가 알아서 녹화할게."

직접 하지 않아도 된다는 말에 재이는 잠시 안도했다.

"약속해. 이것만 하면 내 사진은 지워 준다고."

진욱은 재이 말에 고개를 끄덕였다. 재이는 그날 이후 기회를 엿봤다. 한동안 리온과 대화를 하지 않았지만 먼저 리온에게 다가갔다. 오디션 프로그램에 나가는 게 떨리지 않는지, 도울 것은 없는지 등을 물어보며 멀어졌던 사이를 다시 좁히려는 것처럼 살갑게 굴었다. 리온은 재이와 전처럼 지낼 수 있다는 생각에 기뻐하는 것처럼 보였다.

"내가 잘되는 것에 기뻐해 주는 걸 보면 네가 정말 내 찐친이 맞다 싶어."

리온은 재이에게 감동하며 말했다. 재이는 기회를 놓치지 않았다.

"당연하지. 네가 잘 되면 나도 좋아. 그런데 혹시 너네 집 가서 너 연습하는 거 구경해도 돼?"

재이의 물음에 리온은 미소를 잔뜩 머금고 "당연하지"라고 대답했다. 리온의 집에 도착하기까지 재이는 속으로 갈등했다. 자신도 잘못된 일이라는 것을 잘 알았다. 하지만 정말 방법이 없었다. 언젠가 학교 상담실에서 진욱의 아버지가 하는 말을

117

엿들었기 때문이다.

상담실은 소파가 있고, 캐비닛을 가름막으로 공간이 분리되어 있다. 여자 선생님들이 옷을 갈아입을 때 주로 사용하는 공간이었다. 그날 재이는 상담실 청소를 하다가 누군가 들어오는 소리를 들었다. 나가려던 참에 '진욱이 아버님'이라고 하는 선생님의 목소리가 들렸다. 순간 재이는 움찔했다. 캐비닛 뒤쪽 공간에 있던 탓에 소파가 있는 쪽에서는 재이가 보이지는 않았다.

재이는 얼른 상담실을 벗어나고 싶었지만 이미 선생님과 진욱의 아버지 사이에서 대화가 오고가고 있었다. 지금 나가면 엿듣는 사람으로 오해받을 게 뻔했다. 들키기라도 하면 더 큰 일이었다. 잠시 고민하던 재이는 숨소리를 죽이고 자리에 가만히 멈춰 섰다.

"진욱이가 그 여학생이 다 벗은 걸 찍은 것도 아니고, 같이 침대에서 찍은 것뿐인데 그게 뭐 잘못인가요? 남자애들은 다 그렇게 크는 거 아닙니까? 막말로 그 여학생이 먼저 찍자고 꼬신 걸 수도 있잖습니까?"

진욱의 아버지 말소리가 똑똑히 들렸다. 재이는 대충 무슨 일인지 짐작이 갔다. 며칠 전 8반 남학생 단톡방에 진욱이 올린 영상 때문인 듯했다. 진욱은 어떤 여자아이와 침대에 있었고, 여자아이는 손으로 브이 자를 그리며 웃고 있었다. 언뜻 봐도 여자아이는 진욱이 영상 찍는 걸 아는 것처럼 보였다. 그 일을 알게 되고서 재이는 그제야 진욱이 어떤 아이인지 알 것 같았다. 자신의 가슴을 보고 싶다고, 사진으로 남겨 혼자 보고 싶다고 말한 게 좋아하는 마음 때문이 아니었다. 상습적인 것이었다. 영상 속 여자아이는 재이와 달리 그냥 넘어가지 않은 모양이었다.

"그렇다고 해도 그 여학생이 입은 피해가 큽니다."

선생님이 진욱의 아버지에게 말했다.

"별 것 아닌 일로 유난 떠는 여자애 하나 때문에 우리 아들이 경찰서 들락거리다가 앞길이라도 막히면 선생님이 책임지실 겁니까? 그게 아니라면 이쯤에서 덮어 주세요. 보아 하니 그 여학생, 우리 집 보고 뭘 뜯어내려는 꽃뱀 같기도 하니까요. 그 여학생 집도 어렵다던데, 위로금 차원에서 제가 해결할 테니 그냥 모른 척 지나가 주세요. 이 일이 학교 밖으로 나가는 건 선생님도 원하지 않으시겠죠?"

진욱의 아버지 대답에 재이는 아연실색했다. 여학생의 모습에 자신이 겹쳐 보였다. 진욱에게 거절이란 존재하지 않는다는 걸 깨달았다. 진욱의 말대로 하지 않으면 자신의 사진도 얼마든지 다른 사람들에게 공개될 것이다. 신고하겠다고 협박하면 어떻게 될까? 분명 진욱은 아버지를 학교에 부르고 지금과 같은 상황이 벌어지겠지. 그렇게 일이 처리되면, 끝. 재이는 자신이 살기 위해서는 리온의 영상을 찍어야 한다고 깨달았다.

재이는 상담실에서 있었던 일을 회상하며 이불을 잘근잘근 씹었다. 그리고 리온이 자신과 같은 상황에 놓였더라면 어떻게 했을지 생각했다.

"그때는 어떻게 해야 할지 몰랐어. 하지만 그 순간에도 네가 내 친구라는 건 잊지 않았어. 비록 우리 관계가 소원해졌더라도 네가 나를 신경 쓴다는 걸 알았어. 나는 그저 이런 상황을 맞닥뜨린 데 짜증이 났어. 모두 네 탓인 것 같았거든. 오디션 프로그램에 나간다고 네가 나를 외면하는 것 같았고, 그래서 따지고 싶었어. 네가 나를 버려서 이런 상황까지 온 거라고. 나도 내가 얼마나 나쁜 년인지 알아."

허공에 대고 고백하던 재이는 목이 멨다. 쏟아져 나오는 울음을 숨기려 손으로 입을 막았다. 그날 너를 찾아가지 말았어야 했는데…….

재이는 그날, 연습하는 모습을 구경하겠다는 핑계로 리온의 집에 찾아갔다. 재이는 리온이 연습이 끝나면 바로 씻는다는 걸 알고 있었다. 그래서 리온이 샤워하기 전에 먼저 욕실에 들어가 안 쓰는 핸드폰을 구석에 안 보이게 세워 뒀다. 그리고 리온이 방에 들어오자마자 잠깐 볼 것이 있다며 리온의 노트북을 빌렸다. 리온이 욕실에 들어가고 바로 자신의 메일에서 내게 보내기 메일에 첨부한 해킹툴 파일을 리온의 노트북에 설치했다. 진욱의 말대로 노트북은 끄지 않은 채 각도를 맞춰 열어 뒀다.

재이는 일부러 리온에게 짓궂은 장난을 쳤다. 방송에 나오 려면 노래도 잘해야 하지만, 섹시함을 강조해야 한다며 가슴이 커 보이는 속옷을 선물했다. 한번 입어 보라는 재이의 부추김 에 못 이겨 리온은 속옷을 입어 봤고, 그 장면이 노트북 캠을 통 해 진욱에게 전달됐다.

재이는 그날을 떠올리며 눈물을 터트리고 말았다. 그 일로 리온이 죽으려고 할지 몰랐다. 아파트 베란다에 올라가 떨어 질 생각을 할 거라고는 상상하지 못했다. 리온이 1반 교실로 찾 아온 날, 재이는 죄책감에 내내 불안했다. 집 앞 편의점만 가도 움츠러드는 기분이 들었다. 지나가던 사람이 자신의 잘못을 알 아보고 손가락질하는 상상이 들었다. 재이는 용기가 나지 않았 다. 협박을 받아서 네게 그런 짓을 한 거라고 고백할 수 없었다. 그래서 끝까지 모른 척했다.

리온의 사고 소식을 듣던 날, 재이는 그제야 자신이 무슨 잘 못을 저질렀는지 깨달았다. 사고 다음 날 아침에는 경찰이 학 교에 찾아왔다. 재이를 불러 이것저것 물었지만, 모든 질문에 모른다고만 답했다. 모르지 않았는데 모른다고 했다. 혹시 어 떤 피해라도 받을까 봐 그랬다. 무심코 한 말에 꼬투리가 잡힐 까 두려웠다.

물론 그 순간에도 자신이 얼마나 비겁한지 느끼고 있었다. 친구를 조리돌림에 빠뜨리다 못해 죽음 코앞까지 몰아간 아이라고 비난받을 게 틀림없는 상황에서 숨어들 구멍만 찾았다.

용기를 내는 일이 얼마나 큰 결심인지, 재이는 학교에 경찰이 오고 난 후에야 알았다. 용기. 너무 쉽게 쓰이는 단어였다. 동화에서는 왕자님이 용기만 내면 모든 문제가 술술 해결됐는데, 세상은 동화가 아니었다. 용기를 낸다고 해도 이후 자신이 리온에게 한 행동으로 받을 손가락질을 감당할 자신이 없었다. 학교 친구들은 자신을 따돌릴 테고, 부모님은 실망하고 어쩌면 집에서 쫓아낼지도 모른다고 생각했다. 리온의 엄마는 배신감을 느끼겠지. 리온의 집에 갈 때면 늘 살뜰히 챙겨 주었으니……

그런데 모리는 모든 걸 아는 눈치였다. 모리가 내민 증거에 옴짝달싹하지 못할 정도였다. 그러나 모리는 재이가 진욱과 짧게 사귀었고, 진욱에게 협박을 당했다는 건 모르는 듯했다. 재이는 감정이 격해짐을 느꼈다. 더는 손으로 울음소리를 막아 낼 수 없었다. 베개에 얼굴을 묻었고, 눈물이 베개를 적셨다.

재이는 울고 또 울었다. 후회한다고 한들 이미 돌이킬 수 없다는 걸 알았다. 모리가 움직이고 있으니 잘못이 드러나는 건 시간문제였다. 내가 죽어야 끝이 날까? 베개로 입을 막은 채 침대에서 일어나 창가로 다가갔다. 3층이었다. 창밖을 내려다보면서 여기서 떨어지면 죽을 수 있을지 생각했다.

다시 침대로 돌아가 앉았다. 죽을 용기가 없었다. 고작 3층이었지만 떨어질 엄두가 나지 않았다. 무서웠다.

눈물이 잦아들었다. 재이는 노트북을 켜고 페인트그램을 열었다. 비공개 사진과 글을 하나씩 봤다. 예전 기억들이 새록새록 떠올랐다. 디엠으로 리온과 나누었던 대화도 그대로였다. 이제 더는 네게 메시지를 받을 수 없겠지……. 재이는 퉁퉁 부은 눈으로 가만히 노트북 화면을 응시했다.

또 다른 단톡

등교하자마자 자리에 앉은 모리는 그날 8반 남학생 단톡방에 남아 있던 아이들을 훑어봤다. 움츠러들어 보이는 사람은 아무도 없었다. 모리는 진욱에게 시선을 돌렸다. 진욱은 옆자리 짝과 낄낄거리며 시끄럽게 떠들고 있었다. 모리는 바지 주머니 속에서 리온의 핸드폰을 만지작거리면서 눈치를 봤다.

며칠 전, 모리는 리온이 입원한 병원에 다시 찾아갔다. 병실 문을 열기까지 꽤 고민했다. 자신의 방문이 혹여 리온의 엄마 마음을 더 슬프게 할지 모른다고 생각했기 때문이다. 그러나 용기를 내야 했다. 리온에 관한 불법촬영물이 인터넷에서 다시 돌고 있었다. 사람들은 리온의 자살 시도를 희화화하며 재밌거리라도 된다는 듯이 입방아에 올렸다.

모리는 불법 촬영을 하고 그 영상을 유포한 범인을 찾아야 한다고 더 굳게 다짐했다. 리온과 가까운 사람의 짓이 분명했다.

　모리가 병실 문을 열자마자 리온의 엄마와 눈이 마주쳤다. 얼떨결에 인사하자 리온의 엄마가 '복도 학생'이라며 모리를 반겼다. 지금껏 모르는 척하던 게 민망해지는 순간이었다. 리온의 엄마는 모리가 자주 찾아와 복도에만 앉았다 가는 걸 보면서 내심 안심이 됐다고 했다. 누군지는 잘 몰라도 리온을 진심으로 걱정하는 것이 느껴졌다며 의자를 내어 주었다. 리온의 엄마는 언뜻 어두워 보이지 않았다. 그러나 자세히 보면 얼굴에 그간의 슬픔이 여실했다. 입술은 하얗게 일었고, 피부는 푸석했다.

　모리는 겨우 입을 뗐다. 리온의 엄마에게 리온의 핸드폰을 빌려 달라고 부탁했다. 이유를 묻자 지금까지 있던 일을 포함해 모든 것을 솔직하게 털어놨다. 리온의 엄마는 모리의 설명을 들으면서 눈물이 그렁그렁해지더니 소리 죽여 울었다. "혼자서 얼마나 무서웠을까?"라고 하며 주먹으로 자신의 가슴을 내리치기도 했다. 병실이 아니었더라면 대성통곡했을지도 몰랐다.

　겨우 감정을 추스르고서야 모리에게 리온의 핸드폰을 건넸다. 병실에 핸드폰을 가져다 둔 것을 의아해하자 "깨어나자마자 핸드폰을 찾을까 봐. 너희는 핸드폰을 끼고 살잖니"라고 리온의 엄마가 말했다. 모리는 고개를 끄덕이는 것 말고는 할 수 있는 게 없었다.

　모리는 말하기 전까지 사실을 털어놓기를 망설였다. 이야기를 듣고 리온의 엄마가 곧바로 경찰서로 달려가지 않을까 싶어서였다. 병원에 찾아오기를 주저했던 것도 같은 이유에서였다. 그러나 리온의 엄마는 그러지 않았다. 모리는 의외의 반응에 놀랐다. 친엄마가 아니라 이쯤에서 포기하는 건가 싶었다. 그런 모리의 마음을 읽었는지 리온의 엄마는 솔직한 심경을 이야기했다.

　"경찰서에 가져가도 핸드폰에는 아무것도 없을 거야. 사실을 말해도 경찰은 혼수상태인 피해자 사건은 조사할 시간이 없다고 할 테지. 그냥 신고만 받고 흐지부지 될 거야. 학교라고 다를까. 내가 리온이 사고 이후에 학교에 갔을 때 뼈저리게 느꼈어. 다들 소문이라도 날까 봐 쉬쉬하는데…… 리온이 그렇게 만든 놈들 잡아넣는다고 해도 몇 년이나 살겠어. 사람들은 내가 리온이 친엄마가 아니라는 데만 집착하겠지. 애를 막 키워서 앞길 창창한 애들 감옥에 보내 인생 망치게 했다고 비난할 게 분명해. 너무 흔한 일이잖니."

　그건 모리도 잘 아는 사실이었다. 성착취물 사이트 운영자가 받은 형량이 겨우 2년도 되지 않는 나라에서, 불법촬영물 때문에 자살 시도를 한 여자아이를 위해 제대로 조사할 거라는 기대는 터무니없었다. 리온의 엄마 말처럼 학교도 별반 다르지 않았다. 모리는 우연히 화장실에서 선생님들이 대화하는 걸 들었다. 리온의 사고를 두고 이런 일이 생기면 승진에 문제가 생긴다고 했다.

리온의 엄마는 모리에게 핸드폰을 건네며 말했다.

"그래서 네게 주는 거야. 어른으로서 지금 내가 하는 일이 옳지 않다는 거 알지만 지푸라기라고 잡고 싶어. 네게 짐을 맡기는 것 같아서 미안하구나……. 혹시라도 도움이 필요하면 언제든 말하렴. 네가 다치지 않게 내가 나설 테니. 리온이를 두고 맹세할게."

그날 모리는 리온의 핸드폰을 가지고 병실을 나서면서 꼭 리온을 저렇게 만든 범인을 찾아내겠다고 다짐했다.

지이잉. 모리 손에 진동이 전해졌다. 리온의 핸드폰 전원이 켜졌다. 먼젓번에 확인했지만 다행히 비밀번호는 해제되어 있었다. 모리는 미톡을 열어 새로운 단톡방을 만들었다. 대화 상대로 친구 목록에서 1학년을 모두 체크해 초대했다. 그리고 톡 하나를 보냈다.

안녕.

모리는 고개를 들어 반을 둘러봤다. 핸드폰을 무음 모드로 해둔 아이들은 아직 모르는 듯했고, 확인한 아이들은 놀란 표정을 지으며 리온의 빈 책상을 힐끔거렸다.

> 너 누구야?
>
> 정말 윤리온이야?
>
> 누가 이딴 장난하냐.

단톡방에 톡이 도착했다는 알림이 이어졌다. 단톡방에서 나가는 아이들도 있었다. 그러면 모리는 그중 몇 명, 진욱이 만든 8반 남학생 단톡방에 끝까지 남아 있던 아이들만 골라 다시 초대했다. 모리는 단톡방에 올라오는 톡들을 보며 씩 웃었다. 재미에서 비롯된 웃음이 아니었다. 웃을 때마다 쓴 침이 삼켜졌다.

> 나 없이 잘 지냈어?

모리가 리온인 척하며 대화에 참여했다. 톡 옆에 표시된 숫자가 빠르게 줄어들었다. 모두가 실시간으로 톡을 읽고 있었다. 그러나 아무도 먼저 나서서 대꾸하지 않았다. 단톡방에 묘한 기운이 흘렀다.

> 너 혼수상태 아니었어?

누군가 침묵을 깼다.

무슨 말을 그따위로 하냐?

의식 불명인 애가 미톡을 보내니까 그러지.

침묵을 깬 아이를 타박하는 톡이 줄줄이 이어졌다.

맞아. 나 혼수상태야.

다시 한번 단톡방이 차갑게 식었다. 이번에는 몇몇 아이들이 협박하는 투로 톡을 보냈다.

누구냐 너. 장난치면 죽는다.

담임한테 보여 주기 전에 그만해.

모리는 아랑곳하지 않고 톡을 전송했다.

선생님한테 알리고 싶으면 그렇게 해.

그리고 단톡 나가도 소용없어. 계속 초대할 거거든.

모리는 태연하게 거짓말했다. 담임 선생님이 알게 된다 해도 상관없었다. 모든 게 탄로 나겠지만, 친구를 돕고자 한 마음을 보여 줄 그럴 듯한 시나리오를 준비해 두었다.

> 나 리온이야. 왜 아니라고 생각해?

모리는 톡을 보내고 진욱의 자리로 시선을 옮겼다. 앞을 향하고 있어 표정이 보이지 않는 게 아쉬웠다.

> 너 진짜 의식 돌아왔어?

> 그걸 믿냐. 그럴 리가 없지.

> 네가 어떻게 아는데?

> 우리 엄마 친구가 윤리온이랑 같은 아파트 사는데 걔네 집 아직 불 안 켜진다고 그랬대.

> 맞아. 내 친구의 친구도 〈K-아이돌스타〉 지원해서 아는데, 거기서도 얘기로는 윤리온 상태 여전히 안 좋댔어. 연예 기획사 몇 군데서 캐스팅하려고 상황 지켜보느라 안다더라.

> 엥? 오디션도 펑크 냈는데 왜 걔한테 관심을 가져?

> 악플과 몸캠 루머를 이겨낸 가수.
> 뭐 이런 식으로 띄우려고 한다나 뭐라나.

모리는 빠르게 올라가는 톡들을 하나씩 읽었다. 리온이 만든 단톡방이었지만, 리온의 존재를 믿지 않는 듯이 자기들끼리 토론을 벌였다. 반응은 제각각이었지만, 정작 진욱을 비롯한 8반 남학생 단톡방에 있었던 아이들은 누구도 톡을 보내지 않았다. 최소한 양심이 있다면 지금 상황에 당황할 수밖에 없겠지. 모리는 이쯤에서 혼란을 잠재워야겠다고 판단했다.

> 속여서 미안.

> 나 사실 리온이 쌍둥이 언니야.

구라 치고 있네. 리온이 외동인 거 다 아는데.

모리의 거짓말을 눈치챈 한 명이 곧바로 톡을 보냈다. 모리는 지금 반응을 예상했다. 그래서 더 그럴듯한 거짓말을 했다.

> 리온이가 입양됐다는 거 아는 애들도 있을 거야.

윤리온이 입양이라고??????

그때 그게 그 말이었구나. 거짓말하는 건 줄 알았는데.

무슨 말?

윤리온 페인트그램에 어떤 팬이 댓글 단 거 있어. 자기 아빠랑 재혼하는 여자한테 엄마라고 부르는 게 힘들다고. 윤리온이 그 댓글에 자기도 비슷한 경험 해봐서 그 마음 이해한다고 썼거든. 난 가짜로 위로하는 건 줄 알았지.

나도 그 댓글 봤어.

찾아볼까?

그 댓글 지워졌을걸.

진짜야. 난 친엄마랑 살고 있고, 리온이는 보육원에 있다가
지금 엄마랑 살게 된 걸로 알아.

사실 나도 리온이 그렇게 되고서야 리온이가 내 동생이란 걸
알게 됐어.

나도 우리 엄마도 너무 슬펐어. 이제야 만났는데 말 한마디
나눌 수 없다는 게 괴롭더라.

한동안 아무런 톡도 올라오지 않았다. 선뜻 대답하기 쉽지
않은 이야기라는 걸 모리도 알았다.

누굴 탓할 생각은 없어. 누구 때문이었는지 알아낼 생각도
없어. 그저 엄마가 그동안 동생이 어떻게 지냈는지 너무
궁금해 해. 나도 마찬가지고.

그래서 너희한테 부탁하고 싶어. 리온이 사진이나 기억나는
이야기가 있으면 올려 줘. 이 정도 부탁은 들어줄 수 있지?

난 리온이가 노래하는 거 좋아했어. 그래서 소식 듣고 슬펐어.

맞아. 애들 다 슬퍼했어.

고마워.

근데 네 이름은 뭐야?

모리는 순간 멈칫했다. 이름을 물어볼 거라고는 생각하지 못했다. 잠깐 고민하다가 톡을 보냈다.

강모연이야.

당장 떠오르는 이름이 없었다. 급한 나머지 모리는 쌍둥이 동생의 이름을 말해 버렸다.

오 이름 예쁘다!

고마워.

이것 좀 봐. 리온이 예쁘지 않니?

모리가 리온의 페인트그램에서 영상 하나를 저장해 단톡방에 보내자 다시 대화창이 빠르게 움직였다. 공감하는 톡이 대다수였다. 나쁘게 말하는 아이들은 없었다. 아마도 1학년 대다

수가 모인 단톡방에서 자기 프로필을 걸고 경솔한 발언을 할 수는 없을 것이다.

> 근데 왜 이대로 봐주지 않은 걸까?

무슨 말이야?

> 궁금하지? 무슨 말인지 아는 애들 있을 텐데.
> 누가 말 좀 해주면 좋을 거 같은데.

모리는 수수께끼를 내듯이 질문했다. 아이들은 모리의 의도를 파악하지 못하고 수수께끼의 정답을 맞추려고 애썼다. 모리는 여러 톡이 오가는 모습을 지켜보다가 다시 진욱에게로 시선을 옮겼다. 진욱과 눈이 마주쳤다. 진욱은 금방 시선을 돌리더니 자리에서 일어나 교실 밖으로 나갔다.

모리도 진욱을 따라나섰다. 진욱이 걸어가는 방향을 보니 1반이었다. 천천히 뒤를 따라가려는데, 멀리서 재이가 보였다. 두 사람이 이미 핸드폰으로 어떤 대화를 나눈 것처럼 느껴졌다. 그때 진욱이 걸음을 멈추고 뒤돌아 모리를 봤다. 재이도 모리를 발견했다. 모리는 이미 자신을 알아본 두 사람을 보고 아닌 척 지나갈 수 없었다. 그러고 싶지도 않았다. 모리는 두 사람 앞으로 다가갔다.

"너냐?"

진욱은 처음부터 모리를 의심한 듯했다. 리온이 진욱에게 따지던 날, 리온을 쫓아 1반 교실까지 갔으니 그럴 만도 했다. 예전에 진욱에게 단톡방에 불법촬영물을 올리지 말라고 말했다가 주먹다짐 직전까지 가기도 했으니, 모리를 의심하지 않는 게 더 이상했다.

"뭐가?"

모리는 영문을 모르겠다는 표정으로 대꾸했다.

"핸드폰 줘봐."

"내가 왜?"

"윤리온 단톡방, 그거 네 짓이잖아."

"무슨 증거로?"

"네 핸드폰 보여 주면 알겠지."

모리는 바지 주머니 속에 있는 핸드폰이 아닌, 손에 쥔 핸드폰을 건넸다. 진욱은 핸드폰을 받아들자마자 미톡을 뒤졌다.

"다른 폰 있는 거 아냐?"

진욱이 핸드폰을 돌려주면서도 의심을 풀지 않고 물었다.

"다른 폰이 있든 말든, 너희만 떳떳하면 아무 문제없잖아. 찔리는 게 있으면 자수해. 안 그래도 윤리온 사건 언론에 주목받아서 다시 수사 들어간다는 얘기가 있던데."

모리는 자신이 하는 말에 두 사람이 불안해지기를 바라면서 태연하게 거짓말을 했다.

"우리가 뭘?"

여전히 발뺌하는 재이를 보며 모리는 마음이 더 차가워졌다.

"잘못이 없다? 그럼 다행이고. 수사 시작되면 모든 게 밝혀지겠지."

모리는 그 말을 남기고 다시 교실로 돌아와 자리에 앉았다. 그리고 바지 주머니에서 리온의 핸드폰을 꺼내 단톡방에 톡 하나를 보냈다.

> 말했듯이 누굴 탓할 생각은 없어.
> 내 동생이 왜 죽었는지 아니까. 너희도 아니?

더는 톡이 오지 않았다. 아이들이 당황한 게 느껴졌다. 예상한 반응이었다. 모리는 다시 빠르게 글을 쓰고 보내려다가 망설였다. 보낼까 말까 고민하며 전송 버튼에 손가락을 가져다대려다 말기를 반복했다.

> 동생을 그렇게 만든 사람들 명단이 있어.
> 여기에 올려 볼까?

단톡방은 여전히 조용했다. 모리는 정적이 흐르자 목덜미가 서늘해질 정도로 긴장했다. 읽음 표시를 나타내는 숫자만 사라지고 있었다. 새로운 톡이 올라온 건 1분이 지난 후였다.

누가 그랬는데?

리온이가 그렇게 되고 누구도 처벌받지 않았다는 말을 듣고 슬펐어. 아무도 리온이가 당한 일에 신경 쓰지 않는 것 같았거든. 그런데 물어봐 줘서 다행이다.

말은 안 했어도 잘못됐다고 생각한 애들 많아.

맞아. 그냥 넘어갈 일은 아니지.

모리는 리온을 걱정하는 아이들이 의외로 많다는 걸 알자 안심이 됐다.

고마워.

오늘은 여기까지 할게. 다들 수업 잘 들어.

넌 어디 학교 다녀?

모리는 물음에 답하지 않고 핸드폰 전원을 껐다. 혹시 누가 눈치 채지 않았을까 주위를 둘러봤지만, 의심하는 사람은 없는 듯했다. 서둘러 리온의 핸드폰을 가방에 넣었다.

점심시간이 시작됐다. 몇 명을 빼고 급식을 먹으러 나가 교실이 한산했다. 모리는 수석에게 점심을 거르겠다고 미톡을 보냈다. 머릿속이 복잡해서 입맛이 없었다.

잠깐 잠이 들었다가 깼는데 어느새 삼십 분이 흘러 있었다. 모리는 한숨을 내쉬며 멍하니 창밖을 내다봤다. 그런데 운동장 한구석에 진욱과 재이가 서 있는 것이 보였다. 거리가 멀어서 두 사람의 표정은 읽을 수 없었다. 이야기를 나누는 것 같았다. 모연의 등장 이후 두 사람이 만나 대화하는 걸 보면, 진욱과 재이가 분명 리온의 영상과 관련이 있는 것 같았다. 거의 확신했다.

모리는 창가에 서서 그들을 내려다봤다. 학교 건물로 걸어오던 두 사람이 모리 쪽을 보더니 흠칫했지만, 금세 모른 척했다. 하지만 가까워지는 두 사람 얼굴에 긴장이 흐르는 게 보였다. 다 끝났다고 생각할 때쯤 리온의 쌍둥이 언니라는 모연이 나타날 줄 몰랐을 테니까. 리온의 핸드폰으로 1학년 대부분을 초대해 자기들 말대로 '장난질'을 할 줄은 더더욱.

진욱이 교실로 들어오더니 모리에게 다가왔다.

"정말 너 아니야?"

"네 눈으로 확인했잖아."

모리는 어깨를 살짝 들썩이고 말을 이었다.

"왜 겁나?"

"겁나는 게 아니라 귀찮아."

모리는 진욱의 대답에 속이 부글거렸다. 냉정함을 유지해야 한다는 걸 알았지만, 머리와 마음이 따로 놀았다.

"떳떳하다며. 귀찮을 일이 뭐가 있어?"

"네가 윤리온 돕겠다고 자꾸 설치니까 성가시다고. 그리고 너 혼자 깨끗하다는 듯이 구는데, 너만 다르다고 할 수 있어? 너도 디지털 장의사인지 뭔지 하면서 합법적으로 즐겼잖아."

모리는 순간 자신을 경찰에 고발한 게 진욱이 아닐지 의심했다. 하지만 그 생각도 오래 하지는 못했다. 두 사람 목소리가 컸는지 점심을 먹고 돌아온 아이들이 하나둘 모여들었다.

"야! 너네 그만해."

누군가 소리쳤다. 하지만 그 소리는 불이 붙은 모리의 마음에 부채질을 하는 꼴이었다.

"뭘 그만해? 애 때문에 사람이 죽을 뻔했는데."

"뭐? 이 새끼가."

진욱의 입술이 뒤틀렸다. 진욱은 눈을 부라리더니 모리를 밀치며 멱살을 잡았다. 모리가 먼저 주먹을 날렸다. 진욱이 뒤로 밀려나며 주춤했다. 하지만 다시 균형을 잡고 모리에게 주먹을 휘둘렀다. 어느새 싸움은 가열됐고, 두 사람은 서로 지지 않고 주먹 쥔 손을 마구 휘둘렀다.

"강모리!"

어느새 수석이 모리 앞을 가로막고 섰다. 현준은 진욱을 뒤에서 잡아당겼다. 수석과 현준은 모리와 진욱을 반대쪽으로 떼어 놓으며 서로를 떨어뜨렸다.

"이거 놔! 놓으라고! 저 새끼 죽여 버릴 거야."

진욱이 흥분하며 말했다.

"내가 하고 싶은 말이야. 비켜!"

모리와 진욱은 몸이 붙잡힌 상태에서도 서로에게 달려들려고 했다. 현준은 진욱을 끌고 가 자리에 앉혔다. 수석이 뒤를 힐끔 보더니 모리를 밖으로 끌고 나갔다.

모리는 흥분이 가라앉지 않았다. 냉정함은 온데간데없이 사라져 버렸다. 모리는 씩씩댔다.

"앉아."

모리는 수석의 말에 그제야 정신을 차렸다. 주위를 둘러보니 학교 건물 뒤편 등나무가 있는 벤치였다. 입술이 터졌는지 피 맛이 났다.

"왜 말렸어?"

"그럼 싸우게 그냥 놔둬? 잘못하면 정학 맞을지도 모르는데."

"내가 정학 맞지 네가 맞냐?"

"너만 억울해질 수 있어서 그래. 걔네 아빠 검사고 엄마는 대학교수야."

"그게 뭐?"

"정진욱이 사고 치고 걔네 아빠가 학교 오면 그걸로 게임 끝이라는 소문 못 들었어? 너만 정학 맞을지도 모른다고."

모리는 더는 대꾸하지 않았다.

"좀 괜찮아?"

언제 왔는지 현준이 모리 앞에 서 있었다.

"왜 여기로 끌고 와서 이러는 건데."

"물어볼 게 있어."

현준이 정말 궁금하다는 표정을 지으며 말했다. 모리는 두 사람이 궁금한 게 뭔지 알 것 같았다. 특히 현준은 리온에게 리온의 불법촬영물이 돌아다닌다는 사실을 알려 줬다. 그만큼 둘은 친한 사이였다. 모연이 리온의 쌍둥이 언니라는 말이 거짓이라는 걸 눈치챌 만큼.

"맞아, 나야."

모리가 현준이 묻기도 전에 대답했다.

"어떻게 리온이 폰이 너한테 있어?"

"리온이가 입원한 병원에 다녀왔어."

모리는 순순히 모든 사실을 털어놨다. 현준과 수석의 표정이 굳었다.

"그래서 이제 어떻게 할 거야?"

"똑같이 해줄 거야. 걔네가 어떤 짓을 했는지도 모두 알릴 거야."

모리는 조금의 망설임도 없이 대답했다. 하지만 리온의 핸드폰으로 뭘 어떻게 하겠다는 계획은 없었다. 뭐라도 해봐야 한다고 생각했을 뿐이다. 우선은 단톡방으로 경고를 할 작정이었다. 누군가 겁을 먹는다면 최초로 영상을 유출한 범인이 모두의 앞에서 정체가 드러나기 전에 자백할지도 모른다고 생각했다. 단톡방은 미끼였던 셈이다.

"똑같이?"

"응."

"설마 인터넷에 퍼진 리온이 나오는 영상들 단톡방에 다시 올리려는 거야?"

수석의 목소리가 달라졌다. 한층 높아진 목소리에서 당황했다는 것이 느껴졌다.

"설마 그건 아니지?"

현준이 되물었다. 맞다. 그건 아니다. 그건 리온을 두 번 다치게 하는 일이었다. 리온이 이 일로 얼마나 큰 상처를 입었는지 아는데, 어떻게 똑같은 일을 반복할 수 있을까. 그래도 모리는 물음에 답하지 않았다.

"미쳤어? 어떻게 정진욱이랑 똑같은 짓을 하려고 그래?"

수석의 목소리가 더 높아졌다. 목에 핏대가 설 정도였다.

"아니야."

"그럼?"

모리의 대답을 듣자마자 현준이 안경을 고쳐 쓰며 물었다. 그런 현준을 보면서 모리는 참 모순적이라는 생각이 들었다. 성착취물을 보며 악플을 달던 녀석이 리온에 관한 불법촬영물을 보고 리온에게 자신을 연결해 줬다. 그리고 이제는 자신과 비슷한 행동을 저지르는 진욱을 응징하려는 모리를 말렸다.

모리는 웃음이 새어 나왔다. 마음이 조금 누그러졌다. 그제야 현준과 수석의 얼굴을 자세히 살폈다. 둘 다 걱정하는 눈빛으로 모리를 보면서 긴장하고 있었다.

"내가 정진욱 자위하는 영상이라도 올려 볼까 하는데."

"야 강모리!"

두 사람은 눈이 커지며 큰 소리로 모리의 이름을 불렀다.

"그래야 제대로 된 복수 아니야? 이 정도는 해야 반성할 거 같은데."

모리는 씁쓸하게 웃었다.

명단 공개

며칠이 지났다. 별다른 소득 없이 시간만 흘렀다. 비가 내리는 탓인지 모리는 울적함을 느꼈다. 범인이 움직이지 않았다. 기다림이 길어지면서 기운이 빠졌지만 모리는 티를 낼 수 없었다. 지칠 수도 없었다. 이러려고 리온의 핸드폰을 받아 온 게 아니었다. 우산을 쓰고 걸어가면서 단톡방에 톡을 보냈다.

굿 모닝! 다들 우산 챙겼어?

아침부터 웬 비가 이렇게 내려?

운동화 다 젖었어;;

버스 타고 등교하다가 죽을 뻔.

자 오늘의 힌트.

두구두구!

힌트?

설마 그때 말한 명단 공개하는 거야?

진심 궁금!

빗소리만큼 빠르게 톡이 도착했다. 모리는 핸드폰 화면을 보면서 계속 걸었다. 어느덧 학교 건물에 다다랐다. 두어 계단을 오르고 사진 한 장을 올렸다. 서둘러 2층까지 올라갔고, 8반 교실에 들어서서 아이들 눈치를 보며 다시 톡을 썼다.

이거 봐. 맞잡은 손 주인이 누구게?

아 참, 리온이 찐친이기도 해.

누구?

이거 아는데. 누구 페인트그램에서 본 거 같은데.

리온과 재이가 매듭팔찌를 하고 찍은 손목 사진. 사진을 힌트로 공개하자 아이들이 열띠게 톡을 보냈다. 대화창이 빠르게 올라갔다.

모리는 재이를 저격한 것이나 다름없었다. 리온의 영상 유출에 재이가 관여한 것이 분명했다. 물론 백 퍼센트 확신할 수는 없었다. 리온의 불법촬영물에 찍힌 옷과 매듭팔찌를 한 옷이 같다는 게 재이가 범인이라고 지목할 증거는 아니니까.

모리는 단톡방에 있는 재이가 아무런 반응도 보이지 않자 조금 초조했다. 이 정도 사진이라면 뭔가 내색을 해야 했다. 결국 모리는 강수를 뒀다. 엑셀로 정리한 명단을 캡쳐해 단톡방에 올렸다.

이거 뭐야?

애들 이름만 주르륵 써 있는데?

내 동생 이렇게 만든 놈들 이름.

단톡방이 얼어붙었다. 모리는 명단에 포함된 아이들이 불안해하기를 바랐다. 고개를 들어 진욱을 봤다. 눈이 마주쳤다. 모리는 자연스럽게 고개를 돌렸다. 그런데 그 순간, 진욱의 한쪽 입꼬리가 올라갔다.

강모리는 왜 빼? 걔 디지털 장의 홈페이지 운영하면서 돈 받고 의뢰받은 영상들 다른 사이트에 팔잖아.

진욱의 톡이었다. 근거 없는 폭탄 발언에 읽음 표시가 빠르게 줄어들었다. 진욱에게 동조하거나 잘못을 교정해 주는 사람은 없었다. 단톡방은 여전히 조용했다. 모리는 다시 진욱에게 시선을 돌렸다. 진욱은 계속 모리를 보고 있었다. 승자가 된 듯 의기양양한 표정을 지으면서.

모리는 진욱이 왜 이런 톡을 보냈는지 짚이는 데가 있었다. 얼마 전 디지털 장의사가 의뢰인의 기록을 수집한 후 그걸 다시 어둠의 경로로 배포했다는 사실이 뉴스에 보도됐다. 디지털 장의사가 검거되면서 인터넷 곳곳에서 그야말로 비난의 목소리로 도배됐다. 디지털 장의 서비스를 제공하는 사이트 자체를 의심하는 시선도 생겨났다. 진욱은 그 점을 건드려 모리에게 경고하려는 듯 했다.

진욱은 모리의 예상대로 단톡방에 검거된 디지털 장의사 기사 링크를 보냈다.

네가 그걸 어떻게 알아?

다 방법이 있지. 말하려면 길어. 강모리한테 직접 확인해 봐.

강모리 진짜야?

단톡방 분위기로 봐서 아이들은 진욱의 말을 믿지 못하는 눈치였다. 모리는 아이들의 물음에 답하지 않았다. 답할 수 없었다. 지금 손에는 리온의 핸드폰이 있었고, 자신의 핸드폰은 가방에서 꺼내야 했다.

강모리한테 첫 의뢰인에 관해 물어봐.

근데 갑자기 왜 강모리 얘기로 넘어가?

그러게? 강모리는 애초에 윤리온 쌍둥이 언니가 보낸 명단에도 없잖아.

그것도 강모리한테 물어봐.

누구든 얼른 설명해 봐. 도통 뭔 소리인지 모르겠네.

강모리는 아니야.

모리는 모연의 입을 빌려 자신을 두둔했다.

네가 당사자도 아닌데 어떻게 알아? 네 말이 맞다면 증명해 봐. 강모리가 그런 게 아니라면 윤리온이 왜 죽으려고 했겠어? 벌써 그 영상들 다 지워졌을 텐데.

진욱이 턱을 든 채 계속 모리를 주시했다. 해볼 테면 해봐, 그렇게 말하는 것 같았다. 모리는 진욱에게 말리는 기분이 들었다. 꽉 쥐고 있던 핸드폰을 가방에 넣었다.

"잠깐 봐."

진욱이 모리에게 다가와 말했다.

"등나무 벤치로 와."

진욱은 제 말만 하고 교실 밖으로 나갔다. 모리는 실마리를 얻을지도 모른다는 생각에 자리에서 일어났다. 복도를 지나면서 창문 너머로 1반 교실을 흘깃 봤다. 재이를 찾았지만 보이지 않았다.

"윤리온 쌍둥이, 그거 넌 거 아니까 쇼 그만해."

모리가 등나무 벤치에 도착하자마자 먼저 와 있던 진욱이 말했다.

"싫다면?"

"너는 나 못 이겨."

"네 아버지가 검사라서?"

"그래. 하지만 아버지가 아니더라도 널 이길 방법이 있어."

"거짓말."

"선우해연이랬나. 네 첫 의뢰인 말야. 걔네 부모한테 내가 말할 거거든. 강모리 때문에 당신들 딸이 죽었다고. 내가 아주 자세히 설명해 줄 건데, 이래도 거짓말 같아?"

모리는 진욱이 해연에 관해 안다는 것에 놀랐다. 어떻게 알아낸 건지 추측이 되지 않았다. 고객 사항은 모리만 알고 있었다. 지금은 폐쇄한 '흔적지우개가 운영하는 디지털 장의' 홈페이지도 관리자 모드로 로그인해야 의뢰인들이 올린 글을 확인할 수 있었다. 한마디로 알 방법이 없었다.

"네가 내 첫 의뢰인을 어떻게 알았어."

"디지털 장의사가 뭐 대단한 건 줄 아는 모양인데, 그 정도 일은 나도 해. 그리고 네 허술한 홈페이지 해킹 정도야 식은 죽 먹기지."

모리는 뒷목이 뻣뻣해졌다. 진욱이 해연의 부모님에게 그 이야기를 한다고 생각하니 앞이 캄캄했다. 누명을 쓰는 게 문제가 아니었다. 갑작스러운 딸의 자살로 힘들어하던 해연의 부모님에게 더한 절망을 안길 게 뻔했다. 그것이 더 견딜 수 없었다.

"내가 어떻게 하길 바라는데?"

"윤리온 미톡으로 만든 단톡방 주말까지 폭파해. 그렇게 안 하면 말한 그대로 할 거야. 걔네 부모님한테 네 폰 번호도 알려줄 거니까 딴 생각은 하지 않는 게 좋아."

진욱은 딸의 불법촬영물을 보게 될 부모의 마음은 안중에 없는 모양이었다. 모리는 속에서 불길이 일었다. 뒤돌아 걸어가는 진욱의 어깨를 잡아 돌려세웠다.

퍽! 모리는 결국 주먹을 날렸다.

"뭐야 시발!"

진욱도 참지 않고 주먹을 날렸다. 이어서 모리의 배를 걷어찼다. 모리는 허리가 꺾이면서 뒤로 밀려났다. 코로도 입으로도 숨을 쉴 수가 없었다. 헉헉대는 모리를 조금도 신경 쓰지 않고 진욱은 다시 발길질을 했다. 모리는 바닥에 엉덩이를 찧으며 넘어지고 말았다. 진욱이 모리 위에 올라탔다. 멱살을 잡고 얼굴에 연신 주먹질을 했다. 모리는 따뜻한 액체가 얼굴에 흐르는 것을 느꼈다.

"죽어! 죽어! 이 새끼야."

진욱의 주먹질은 멈출 줄 몰랐다. 모리는 그냥 맞기만 했다. 진욱이 내민 패를 뒤엎을 수 없을 거라는 무력감 때문이었다.

"야! 그만해!"

누군가 멀리서 소리치며 뛰어왔다. 건물 창밖으로 두 사람이 싸우는 모습을 본 누군가가 구경하다 못해 말려야겠다는 지경에 이르자 몇몇 아이들을 데리고 달려 나온 것이었다.

아이들이 힘으로 말리면서 진욱이 겨우 모리 몸에서 떨어졌다. 모리는 땅바닥을 짚으며 힘겹게 일어섰다. 가만히 서 있어도 몸이 비틀거렸고, 눈가가 찢어졌는지 한쪽 눈은 뜨기 어려웠다. 그러나 모리는 개의치 않았다. 어차피 선생님이 알게 돼도 별일 없이 지나갈 터였다. 상대가 진욱이니까.

유포

재이는 왼쪽 손등을 물어뜯으면서 오른손으로 빠르게 마우스를 움직였다.

며칠 전 학교에서 수업을 듣는데 평소 친하지 않은 같은 반 남자아이가 뜬금없이 미톡을 보내 왔다. 인터넷주소 링크와 함께 '이거 너야?'라고 덧붙였다. 링크를 누른 재이는 입을 틀어막았다. 진욱에게 보내 줬던 자신의 가슴 사진이었다. 사진은 다름 아닌 불법촬영물 사이트에 올라가 있었다. 재이는 급하게 '나 아닌데'라고 톡을 보냈지만, 눈앞이 캄캄해졌다.

그리고 오늘에서야 다시 그 링크를 눌렀다. 가슴을 드러내고 방긋 웃는 재이가 모니터에 커다랗게 떠올랐다. 재이는 몸에 벌레가 기어가는 기분이었다. 자신이 더럽게 느꼈다.

씻자. 그러면 좀 나아질지도 몰라. 재이는 욕실로 들어가 물을 틀었다. 샤워기에서 물이 쏟아졌다. 손을 바삐 움직여 비누로 몸을 벅벅 문질렀다. 눈을 질끈 감았다. 몸에 손이 닿을 때마다 그 사진이 떠올라서 눈을 뜰 자신이 없었다.

샤워를 마친 재이는 옷을 갈아입었다. 하지만 몸이 더럽다는 느낌이 지워지지 않았다. 방금 씻었는데도 입술이 말랐다. 갈증이 심하게 올라왔다.

부엌으로 나가자 거실에서 드라마를 보고 있던 엄마가 고개를 돌려 재이를 보더니 물었다.

"아직 안 나았니?"

"열이 아직 조금 있는 거 같아요."

"얼른 자렴. 그래야 빨리 낫지."

재이는 대답 대신 냉장고에서 얼음을 꺼내 컵에 담았다. 타는 속을 진정시켜야 했다. 얼음 하나를 입에 넣고 조심히 깨물었다.

"얼음 먹니? 그렇게 찬 걸 먹으면 내려가던 열도 도로 올라. 그리고 결석은 이제 그만해야지. 움직일 만하면 내일부터 학교 가렴."

재이는 기어들어가는 소리로 "네"라고 대답하고 고개를 돌렸다. 학교에 가고 싶지 않았기 때문이다. 아니, 갈 수 없었다. 학교에 소문이 나서 손가락질을 받을지도 몰랐다. 유포된 사진 링크를 보내 준 남자아이에게 자신이 아니라고 부인했지만, 그 말을 곧이곧대로 믿을 것이라는 보장도 없었다. 불안한 마음에 입안에 남은 얼음을 다시 한번 씹었다.

재이는 컵을 들고 방으로 걸음을 옮겼다.

"피고는 그날 왜 그곳에 간 겁니까? 원고와 같은 마음이었던 거 아닙니까?"

거실을 채 지나기 전에 텔레비전에서 흘러나오는 드라마 대사가 귀에 꽂혔다. 재이는 자리에 멈춰서 텔레비전을 봤다. 법정 드라마였다. 드라마 장면을 보면서 재판장에 서 있는 자신이 상상됐다.

신고하면 나도 재판을 받겠지. 그러면 사람들 앞에서 내가 당한 일이 모두 공개될 텐데. 재이는 드라마 속 피해자 모습에 자신이 겹쳐 보였다. 숨고 싶었다. 이름을 바꿔 달라고 엄마한테 말해 볼까? 성형수술을 할까? 그럴 돈도 없는 데다 주민등록번호는 그대로일 텐데. 어느 학교에 다니는지, 친구가 누구인지도 마음만 먹으면 전부 알 수 있을 텐데.

방으로 돌아온 재이는 다시 컴퓨터 앞에 앉았다. 사진이 다른 불법촬영물 사이트에도 돌아다니고 있을지 몰랐다. 역시나 그랬다. 오래 찾지 않았는데 벌써 몇 군데에서 사진을 발견했다. 재이는 해당 사이트에 사진을 지워 달라는 내용의 메일을 보냈다. 요청이 먹힐지 안 먹힐지는 알 수 없었다.

그러다 한 사이트에 들어갔다. 홈페이지에는 공개된 사진

외에 자물쇠가 걸려 모자이크 된 사진들이 있었다. 모자이크가 없는 사진을 보려면 유료 결제를 해야 했다. 재이는 핸드폰으로 은행 앱에 들어갔다. 집이 어려워진 이후 용돈이 줄은 탓에 계좌에 잔액이 얼마 없었다. 그나마 결제할 돈 정도는 있었다. 빠르게 계좌 이체를 하고 홈페이지 관리자에게 메시지를 보냈다. 재이는 손톱을 물어뜯으면서 답변을 기다렸다. 새로 고침을 여러 번 눌렀지만 아직 답변이 없었다. 얼음물을 벌컥벌컥 마셨다. 식도를 타고 올라오는 열기는 여전했다.

홈페이지 상단에 있는 메시지 아이콘을 응시했다. 새로운 메시지를 알리는 숫자 1이 뜨기를 기다렸다. 다시 새로 고침을 눌렀다. 그제야 1이 떴다. 재이는 바로 클릭했다. 이체를 확인했다는 내용의 짧은 답변이었다. 답변과 함께 사진에 걸렸던 자물쇠가 풀렸다.

끝없이 이어지는 스크롤을 내리며 재이는 자신의 사진을 찾기 시작했다. 사진들을 보면서 제대로 숨을 쉴 수 없었다. 또래로 보이는 여자아이들의 사진과 영상이 한가득이었다. 예측하지 못한 상황에 재이의 입이 다물어지지 않았다.

댓글이 달린 게시물들도 있었다. 댓글의 내용은 사진과 영상 속 여자들을 물건처럼 품평하는 것 같았다.

"개자식들."

재이는 욕이 저절로 나왔다. 그러다 한 사진 아래 달린 댓글에서 스크롤을 멈췄다.

- 얘 우리 동네 카페에서 알바하더라. 실제로 봤는데 개신기.
  ㄴ 어딘데? 진짜 사진이랑 똑같이 생김?
  ㄴ 걍 똑같음. 구진동 화인대학교 근처 뚜르리 카페고 사진도 찍었
    음ㅋ
  ㄴ 사진 보여 줄 수 있어?

사진을 보여 줄 수 있냐는 댓글 아래 진짜로 사진이 올라와
있었다. 사진 속 여자아이는 자신이 찍히는지도 모르는 듯했
다. 음료를 손님에게 전달하는 모습이 고스란히 찍혀 있었다.

두 사람이 주고받은 댓글을 보면서 재이는 머리가 멍해졌
다. 불법촬영물 사이트에 게시된 사진의 주인공을 보는 시선이
연예인을 보는 시선과 비슷한달까? 다른 세계의 사람인 것처
럼 신기하게 바라봤다. 그러면서 사진 속 피해자의 신상을 거
리낌 없이 공유했다. 댓글을 달지 않았어도 누군가는 호기심으
로 사진 속 여자아이가 일하는 카페에 찾아갈지도 몰랐다.

이 상황을 알면 여자아이는 어떤 기분일까? 모르는 남자들
이 자신을 흘끔거리면서 뒷이야기를 한다는 걸 알면 무슨 생각
이 들까? 관심이라고 여길까? 스토킹한다고 생각하려나? 아니
면 이미 자기 사진이 인터넷에 돌아다닌다는 걸 알고 있을까?

재이는 생각이 꼬리의 꼬리를 물었다. 어쩌면 자신도 비슷한 상황을 겪을지도 모른다는 생각이 들자 머릿속이 하얗게 변했다. 공포감이 밀려와서 아무것도 할 수 없었다. 하지만 넋 놓고 있을 수만은 없었다.

재이는 사이트 관리자에게 자신의 사진을 지워 달라고 메시지를 보냈다. 다른 사이트를 더 찾았다. 회원가입을 하고 홈페이지를 빠르게 훑었다. 그러다 마우스를 멈췄다. 원본에 딥페이크로 합성된 사진이었다. 다른 사이트에서도 똑같은 사진이 게시되어 있었다. 마우스를 쥔 손에 힘이 빠졌다.

그것들은 좀비였다. 좀비 하나를 죽여도 새로운 좀비는 그보다 빨리 기하급수적으로 늘어난다. 원본 사진은 물론 딥페이크로 조작한 사진과 영상도 처음에는 몇 명만 내려받는다. 하지만 그들이 다른 곳에 그것들을 게시하면 몇 배로 늘어난 사람들이 내려받게 되는 것이다. 재이는 인터넷에서 자신의 얼굴을 완전히 지워 내지 못할 것 같았다. 그 아득함에 주먹으로 가슴을 내리쳤다.

재이는 모두 자신의 잘못이라고 생각했다. 진욱의 꼬임을 호감으로 오해한 것부터가 어리석었다. 보고 싶을 때만 보겠다는 그 말을 믿고 가슴 사진을 찍게 허락해 준 것도 멍청한 짓이었다. 진욱이 협박했다고 하지만 리온의 영상을 찍도록 도운 것도 용서받지 못할 일이었다. 진욱이 한 모든 말을 믿은 자신이 한심했다. 알면서도 속았다. 그때 재이에게 진욱의 꼬임은 마지막 희망 같았다. 믿지 않을 도리가 없었다.

재이는 초점 없는 눈으로 모니터를 응시했다. 머릿속에 많은 생각이 오갔다. 그때 핸드폰이 울렸다. 모르는 번호였다.

"네가 민재이야?"

"누구야?"

"네 가슴 사진 봤어. 쩔더라. 영통으로 직접 보여 줄 수 있어?"

재이의 손이 부들부들 떨렸다. 맥박이 손목 밖으로 튀어나올 것 같았다. 어떻게 전화번호를 알아냈지? 재이는 급하게 전화를 끊었다. 사람들에게 에워싸인 자신의 모습이 눈앞에 그려졌다. 그러자 숨을 제대로 쉴 수 없었다. 도움이 필요했다.

핸드폰에서 미톡을 열었다. 모리에게 톡을 보내려는데 자꾸 오타가 났다. 겨우겨우 한 글자씩 입력했다. 전송을 누르려다가 글을 모두 지웠다. 나한테 도와 달라고 할 자격이 있을까? 스스로가 뻔뻔하게 느껴졌다. 한편으로는 모리가 자신을 이해해 줄지도 모른다고 믿고 싶었다.

벼랑 끝에 선 듯했다. 살고 싶었다. 재이는 다시 글을 썼고 모리에게 미톡을 보냈다.

> 나 좀 도와줄 수 있어?

도와줘

　토요일 아침, 재이는 모자를 눌러쓰고 마스크를 껴 얼굴을 가렸다. 집을 나서는 순간 고개를 푹 숙였다. 그래도 누가 알아볼까 싶어 모자에 후드티 모자까지 덮어 썼다. 지하철 개찰구를 통과하고 최대한 벽에 붙어 걸었다. 아무도 알아보지 못하도록 여전히 땅만 보며 빠르게 계단을 내려갔다.

　때마침 지하철이 도착했다. 재이는 급히 지하철에 올라탔다. 그리고 그대로 굳어 버렸다. 출입문 근처에 앉아 있는 사람들이 모두 남자였다.

　재이는 시선을 어디에 둬야 할지 몰랐다. 불안과 분노, 두려움과 적개심이 동시에 마음속에서 파도처럼 밀려왔다 물러나기를 반복했다. 그들이 자신의 사진을 보거나 유포한 사람은 아닐 텐데 모두 공범처럼 느껴졌다. 숨이 목구멍에 걸려 넘어가지 않았다. 눈앞이 흐릿했다.

"거기 서 있으면 어떻게 해?"

그때 뒤에서 누가 재이를 밀쳤다. 그제야 정신이 돌아왔다. 재이는 구석으로 물러나 출입문을 보고 섰다. 아무도 자신을 알아볼 리 없었지만 주눅이 들었다. 모든 사람의 시선이 신경 쓰였다. 지하철이 움직이기 시작했다.

재이는 모리를 만나러 가고 있었다. 어젯밤에 보낸 문자에 모리가 '만나자'라고 답장을 보내왔다. 자신이 뻔뻔하다는 걸 알면서도 살고 싶었다. 그리고 어떻게든 진욱에게 복수하고 싶었다. 자신이 받은 고통보다 더한 고통을 안기고 싶었다. 그러려면 모리를 만나야만 했다.

어느덧 재이는 약속 장소인 카페에 도착했다. 카페는 내부가 한눈에 들어올 만큼 작고 꾸밈이 없었다. 그런데 둘러봐도 모리가 보이지 않았다.

"왜 다 가리고 있어? 넌 줄 몰랐잖아."

재이가 구석 자리에 막 앉으려던 찰나 모리가 뒤에서 말을 걸었다.

"그, 그냥."

재이는 놀란 기색을 애써 숨겼다.

"음료 먼저 시키자."

모리가 주문을 하고 음료를 가지고 돌아왔다.

"도와 달라고 했잖아. 뭘 도와 달란 거야?"

"그게……."

재이는 쉽게 말을 꺼낼 수 없었다. 모리에게 도움을 요청했지만, 경찰에 신고해도 진욱이 처벌받을 것 같지 않았다. 뉴스를 봐도 성범죄자의 판결 형량이 너무 낮았다. 심지어 성착취물 재유포자가 집행유예로 풀려나기도 했다.

"너희들이 의심했듯이 윤리온 핸드폰으로 단톡방 만든 거나 맞아. 정진욱이랑 너 겁주려고 그런 거야. 그런데 둘 다 아무런 반응이 없더라."

재이가 주저하는 걸 알아챈 모리가 먼저 말을 꺼냈다.

"난 무서웠어."

모리가 한쪽 눈썹을 치켜올렸다. 재이가 하는 말이 진짜인지 아닌지 확인하는 눈치였다.

"정진욱은 쉽게 인정 안 할 거야. 네가 증거를 찾아낸다고 해도 하나도 두려워하지 않을걸."

"걔네 부모님이 잘나서?"

"그것도 있겠지. 그리고 솔직히 사람들이 앞에서는 내색하지 않아도 가해자보다 피해자를 더 욕하잖아."

"그게 무슨 뜻이야?"

"전에 내가 리온이한테 했던 말 기억나? 너도 그날 옆에 있었잖아."

리온이 재이를 찾아 1반 교실에 갔던 날, 재이는 리온에게 네 행동거지가 잘못돼서 그런 일을 겪는 거라고 말했다.

재이는 순간 속이 울렁거렸다. 어리석은 말이었다. 리온에게 들이댄 잣대를 자기에게 가져다 댄다면, 진욱이 한 잘못도 자신의 탓이 되는 셈이었다. 진욱에게 가슴 사진을 찍도록 허락한 것도, 키스하도록 내버려 둔 것도, 몸을 만져도 저지하지 않은 것도 모두 재이 자신이었다. 그렇다면 지금 벌어진 상황은 자신이 똑바로 행동하지 않아 벌어진 결과였다. 하지만 그건 사실이 아니었다. 재이는 누구나 자기 몸을 봐도 된다고 허락한 적이 없었다. 잘못이라면 진욱의 말을 믿은 것뿐이었다.

"생각나. 하지만 그건 윤리온 잘못이 아니야. 걘 아무 짓도 하지 않았어. 불법 촬영도, 딥페이크도 아무것도. 만약 자기를 찍는 걸 허락했다 쳐도, 그걸 마음대로 유포할 권리는 없어."

유포할 권리는 없다. 모리가 한 말을 듣고 재이는 누군가에게 뒤통수를 맞은 것 같았다. 모리의 말이 맞다. 자신도 그랬다. 재이는 진욱에게 가슴 사진을 찍는 걸 허락했을 뿐이다. 그걸 타인과 공유하고 자신의 인권을 침해할 권리는 주지 않았다. 진욱에게 그럴 권리가 없었다. 분노가 온몸을 감쌌다. 재이는 낯 두껍다는 걸 알았지만, 용기 내어 말했다.

"도와줘."

"그러니까 뭘?"

되묻는 모리를 보며 재이는 그동안의 일을 솔직히 털어놓았다. 리온의 노트북에 해킹툴을 설치한 것과 리온이 샤워하기 전 욕실에 핸드폰을 숨겨 뒀던 것까지 모두. 그리고 진욱이 자신을 협박하고 사진을 인터넷에 유포했다는 사실도 빼놓지 않고 이야기했다. 재이가 말할수록 모리의 표정이 굳어 갔다. 레모네이드의 얼음이 녹아 갔지만, 모리는 한 모금도 마시지 않은 채 묵묵히 들었다.

"아는 사람이 없는 곳으로 이사하고 싶어. 아무도 못 알아보게 성형이라도 하고 싶어. 내가 아닌 다른 사람으로 살 수 있으면 얼마나 좋을까…….."

모리는 섣불리 재이를 위로하지 않고 침착함을 유지했다.

"부모님한텐 말씀드렸어?"

"그랬다면 널 찾아오지 않았겠지."

"디지털 장의사가 만능은 아니야. 피해 사실을 파악하고 일일이 해당 사이트에 삭제 요청하는 수준이라고. 다만 미성년자인 피해자가 부모님에게 말하는 게 어렵다는 걸 알게 된 이후로 내가 부모님 신상 정보를 알아내서 부모님 동의서를 위조하긴 했어. 불법이지. 다른 디지털 장의사와 다른 부분이라면 이것뿐이야."

"내 페인트그램도 해킹했잖아."

"아이디랑 비밀번호만 알아내면 되니까. 신상 알아낼 수준이면 그 정도 해킹은 쉽게 할 수 있어."

"그렇구나. 알았어."

재이는 실망을 숨기지 못했다.

"그러지 말고 부모님께 말씀드려. 경찰에도 신고하고."

"그건 안 돼. 부모님이 과연 내 잘못이 없다고 할까? 그렇다고 해도 자책하실 거 같아. 자신들이 딸을 잘 돌보지 못한 거라고. 괜히 나 때문에 힘들게 해드리고 싶지 않아."

"리온이도 그런 말을 했어. 지금 엄마가 친엄마가 아니라 더 자책할 거라면서 절대 말 못한다고 하더라."

재이는 리온의 마음을 이해했다. 재이도 아빠 회사의 부도로 집안이 어려운 상황이었다. 경제적 문제도 문제였지만, 부모님이 그것 때문에 딸이 엇나갔다고 생각할까 싶어 사실대로 털어놓을 수 없었다. 어떻게든 스스로 해결해야 한다고 생각했다.

"리온이가 자기가 입양됐다는 것도 말했구나. 그걸 아는 사람은 나뿐인 줄 알았는데……."

"너도 단톡방 봐서 알겠지만 자기 페인트그램 댓글에서 드러내긴 했더라고."

모리는 레모네이드를 한 모금 마시고 재이에게 물었다.

"이제 어떻게 할 거야?"

"몰라."

모리는 창밖 어딘가에 시선을 고정했다. 그렇게 얼마나 시간이 흘렀을까 모리가 고개를 돌려 재이를 보며 말했다.

"내가 네 편이 돼줄게. 쉽지 않겠지만 인터넷에서 기록을 지우고 도움을 요청할 방법도 찾아볼게. 그러니까 네가 윤리온에게 정말 미안하다면 날 도와줘. 이 사건 해결하면, 네 문제도 저절로 해결할 수 있어. 인터넷 기록 지우는 건 별개지만. 정진욱 잘못이 드러나면 부모님께 말씀드리기도 지금보다 한결 쉬워질 거야."

내 편이 되어 준다고? 모리의 말에 재이는 마음이 움직였다. 모리의 눈을 봤다. 다른 사람과 눈을 마주치는 게 오래간만이었다. 며칠 동안 가족들 눈도 보지 못했다. 한편으로 재이는 모리의 행동이 과하다고 생각했다. 아무리 리온이 도움을 요청했다고 해도, 리온의 사고 이후에도 조사를 계속한다는 게 이상했다. 게다가 자신의 편까지 되어 준다고 하니, 의심을 떨쳐내기 어려웠다. 단톡방에서 진욱이 한 말도 떠올랐다. 모리가 디지털 성범죄 피해자의 영상을 재유포한다고 했다. 물론 거짓말일 게 분명하지만 말이다.

"그런데 리온이 일에 왜 이렇게까지 열심인 거야? 혹시 리온이 좋아해?"

"말했듯이 그런 거 아니야."

모리는 단호했다. 뒤이은 설명에 재이는 놀랐다. 모리는 리온이 입양됐다는 말에 어릴 때 교통사고와 함께 사라진 동생이 떠올라 그냥 지나칠 수 없었다고 했다. 첫 의뢰인에 대한 죄책감도 털어놓았다. 리온의 사고 현장을 봤다는 말까지 들으니, 재이는 모리가 왜 리온을 도우려고 하는지 이해할 수 있었다.

"내가 뭘 하면 돼?"

"윤리온 노트북에 했던 것처럼 정진욱 노트북에도 해킹툴 심을 수 있겠어?"

"뭘 하려고? 걔 노트북 캠 해킹해서 나올 게 없잖아."

"보면 알겠지. 일단 걔 폴더에 뭐가 있는지 확인해 봐야겠어."

재이는 선뜻 알겠다고 할 수 없었다. 모리 말대로 하려면 진욱을 만나야 했다. 사과해야 했고, 다시 가까워져야 했다. 진욱을 생각만 해도 소름이 끼치는데 할 수 있을지 자신이 없었다. 어쩌면 갑자기 접근한 자신을 의심할지도 몰랐다. 그렇다고 모리의 제안을 거절할 수도 없었다. 어떻게든 도와야 했다. 살길은 그것뿐이니까. 재이는 입술을 깨물며 모리를 봤다. 그리고 입술을 깨물기를 멈췄다.

"알았어. 어떻게든 해볼게."

추적

학교 수업이 끝나고 모리는 경찰서로 향했다. 김상욱 형사를 만나기 위해서였다. 미리 약속도 해뒀다.

버스를 타고 가면서 모리는 머릿속이 복잡했다. 재이가 진욱의 노트북에 해킹툴을 심는 작전은 실패했다. 재이가 아무일도 없었다는 듯이 다가가려 하자 진욱은 거리낌을 느끼며 재이를 무시했다. 재이는 뜻대로 되지 않자 감정을 숨기지 못했다. 리온이 그랬던 것처럼 진욱에게 분노를 쏟아 냈지만, 진욱은 "그러니까 겁도 없이 누가 옷을 벗어 던지래? 원래 남자한테 성욕은 자연스러운 거거든"이라고 답했다고 한다.

어느덧 버스는 경찰서가 있는 정류장에 멈췄다. 이제 도움을 요청할 사람이 김 형사밖에 없었다. 자신을 취조한 사람이었지만, 그래도 조금이나마 희망을 걸어 볼 사람이 김 형사뿐이었다. 해외 가상 사설망인 VPN을 타고 만들어진 사이트에서 리온과 재이의 불법촬영물을 올리는 사람을 특정하기 어려웠고, 지우는 데도 한계가 있었다. IP 추적도 고등학생의 능력에 벗어난 일이었다. 다크웹에 접근할 수는 있어도 모든 사이트를 조사하는 건 어려웠다. 진욱의 짓이라는 것만 확인하면 됐지만, 진욱을 지목하는 것 자체가 쉽지 않았다.

"왔니."

김 형사가 경찰서 앞에 있었다. 한 손에 담배와 라이터를 쥐고 있었다.

"안녕하세요."

"저기로 가자."

김 형사가 건물 옆쪽에 있는 벤치로 모리를 데려갔다. 두 사람은 벤치에 앉았다.

"그래서 내가 도와야 할 중요한 일이 뭔데?"

김 형사는 바로 본론을 물었다. 모리도 말을 돌리지 않고 리온에 관해 자신이 조사하는 바를 설명했다. 불법 촬영과 딥페이크로 합성한 사진과 영상을 누군가 불법촬영물 사이트에 올리고 있다는 말까지 전부 전했다. 그리고 어렵게 말을 꺼냈다.

"범인을 잡아 주세요."

"그건 어려워. 지금 살아 있는 피해자 문제도 해결하기 벅찬데, 죽은 사람 문제까지 해결해 줄 시간이 안 돼."

"윤리온 안 죽었어요. 살아 있다는 거 아시잖아요. 그럼 제가 모니터링할게요. 제가 만든 올오브댐 프로그램 형사님도 보셨잖아요. 그 정도 능력은 돼요. 도와주세요."

"네가 미성년자라서 그것도 안 돼. 미안하다. 내가 도울 방법이 없어."

의식 불명인 사람은 억울해도 당하고만 있어야 하는 걸까. 모리는 분노를 느꼈다.

"알겠습니다. 안녕히 계세요."

모리는 냉랭하게 인사하고 뒤돌아섰다. 포기할 생각은 없었다. 집으로 돌아가는 동안 앞으로 어떻게 해야 할지 다른 방법을 고민했다. 올오브댐 프로그램을 사용해도 한계가 있었다. 무엇보다 지금 당장은 리온의 디지털 기록을 지우는 것보다 먼저 해야 할 일이 있었다. 목표는 진욱이었다.

"다녀왔습니다."

"늦었구나. 얼른 저녁 먹자."

현관에 들어선 모리를 보며 할머니가 말했다.

"네."

할머니는 이미 밥과 국, 반찬을 모두 식탁에 차려 놓았다. 모리는 수저를 가져다 놓고 자리에 앉았다.

"어디 다녀왔니?"

할머니는 국을 뜨면서 물었다. 모리는 잠깐 어떻게 대답해야 하나 고민했다. 거짓말을 할까 하다가 솔직하게 말하는 게 좋겠다고 생각했다.

"전에 경찰서에서 보셨던 김상욱 형사님 만나고 왔어요."

"뭐라고?"

할머니는 걱정 어린 눈으로 모리를 바라봤다. 그럴 만도 했다. 다시는 경찰서에 갈 일을 만들지 말라고 모리에게 일렀으니 말이다.

"아무 일도 아니에요. 친구 일 때문에 다녀온 거예요. 오디션 프로그램 나오는 그 친구요."

"그렇구나……."

할머니 얼굴에 안도감이 스치는 걸 모리는 놓치지 않았다. 할머니도 뉴스를 봐서 리온의 자살 시도에 관해 알고 있었다. 엄마와 목소리가 닮은 아이였기에 할머니는 소식을 듣고 더욱 안타까워했다. 그러면서도 혹시나 손자가 경찰에 불려 갈 일이 생기지 않을까 염려했다.

"걱정하지 마세요."

"그래, 믿어."

또 나왔다. 믿는다는 그 말. 할머니가 믿는다고 말할 때마다 모리는 가슴에 묵직한 돌덩이가 내려앉는 것 같았다. 그 말이 함부로 행동할 수 없게 했다. 그래도 이번 일만큼은 해야 했다. 모리는 언젠가 할머니도 자신의 마음을 알아줄 거라고 믿었다.

식사가 끝나고 모리는 방에 들어와 결의에 찬 얼굴로 모니터를 들여다봤다. 크게 호흡하고 마우스를 빠르게 움직였다. 사이터라는 SNS 사이트에 들어가서 검색창에 '#일탈계'를 입력했다. 일탈계는 SNS에서 일탈을 하는 계정을 뜻했다. 검색하자 수백 장의 사진이 나왔다. 하나같이 가슴과 다리 같은 신체 일부를 노출한 사진이었다.

모리는 첫 번째 사진부터 시작해 사진 하나하나를 클릭해 답글을 살폈다. 그중 어느 사진에는 불법촬영물 사이트 링크를 건 답글이 하나쯤 있을 거라고 생각했다. 그럼 그 사이트부터 뒤져 볼 생각이었다.

모리는 인내심을 갖고 사진을 클릭해 나갔다. 예상이 적중했다. 새로운 창을 띄워 링크된 사이트의 인터넷주소를 복사해 붙였다. 그리고 올오브뎀 프로그램을 작동했다. 사이트에는 리온의 사진이 두 장 있었다. 모리는 리온의 이름으로 관리자에게 사진을 지울 것을 요구했다. 그런 다음 다시 사이터를 열었다. 답글에 새로운 불법촬영물 사이트가 보이면 똑같은 과정을 반복했다.

반나절 동안 사이터를 돌아다니며 조사했지만, 결과는 썩 좋지 않았다. 리온에 관한 불법촬영물을 올린 사람의 아이디가 모두 달랐다. 모리는 팔짱을 낀 채 모니터를 가만히 노려봤다. 자기도 모르게 이를 악물었다. 미간이 찌푸려졌다.

얼마나 흘렀을까, 모리는 다시 마우스를 쥐었다. 윈도우 시작 메뉴를 클릭하고 cmd를 입력해 명령 프롬프트를 실행했다. 화면에 검은색 창이 떠올랐다. 모리는 리온의 불법촬영물이 게시된 사이트의 인터넷주소를 입력했다. 추적은 금방 끝났다. 모리는 마지막에 적힌 IP 주소를 복사해 IP를 추적해 주는 사이트에 들어가 불법촬영물 사이트의 IP를 붙여 놓았다. 혹시나 했지만 역시 외국 사이트였다. 댓글에 적힌 IP 주소도 쫓아 봤지만 소용없었다.

모리는 이러다 그냥 끝나는 게 아닐까 싶었다. 리온의 엄마에게 핸드폰을 건네받으면서 반드시 범인을 잡아서 리온이 더는 아프지 않도록 하겠다고 약속했는데, 이러다가는 아무런 소득 없이 핸드폰을 돌려줘야 할지도 몰랐다.

무엇보다 등나무 벤치에서 진욱이 단톡방을 폭파하라고 협박한 날, 진욱이 보내 온 미톡이 마음에 걸렸다.

나한테만 있는 윤리온 사진과 영상이 있어.

톡을 보고 모리는 머릿속이 복잡해졌다. 대놓고 협박하는 모습을 보니 진욱이 리온의 영상 유출과 관계된 게 확실하다는 확신이 섰다. 그렇지 않고서야 굳이 '흔적지우개가 운영하는 디지털 장의' 홈페이지를 해킹하는 수고를 들일 이유가 없었다. 하지만 진욱의 노트북을 해킹하지 않는 한 이를 증명할 방법이 없었다. 그래도 다행이라면 재이의 마음에 변화가 있는 것처럼 보인다는 점이었다.

모리는 크게 숨을 들이마셨다. 여기서 지칠 수는 없었다. 진욱의 뜻대로 져줄 수 없었다. 첫 의뢰인인 해연에게 저지른 잘못을 되풀이하고 싶지 않았다. 다시 마우스를 쥐었다. 그때 핸드폰이 울렸다. 수석이었다.

"형사 찾아간 건 잘됐어?"

"단번에 거절당했어."

"미성년자라? 아니면 지난 번 일로 아직 너 의심하는 거 아니야?"

"바쁘시단다."

모리는 비꼬는 말투로 대답했다.

"괜히 힘 뺐네. 근데 내가 요즘 정진욱에 대해 좀 알아봤거든."

"네가 왜."

"걔가 평소에도 야동 같은 거에 집착하는 것 같았거든. 생각해 봐. 집도 잘 살아. 공부도 잘해. 뭐 하나 부족한 게 없는 녀석이잖아. 굳이 그럴 이유가 없거든. 돈이 궁한 것도 아니면서 나서서 유포까지 하는 것도 이해가 안 되고. 너도 왜 그러는지 궁금하지?"

"하나도 안 궁금한데? ⋯⋯그래서 왜 그런다는데?"

"거 봐, 궁금하지?"

핸드폰 너머로 수석이 웃는 소리가 들렸다. 모리는 진욱의 속마음을 깊이 생각해 보지 않았다. 어쩌면 수석의 말처럼 숨겨진 이야기가 있을지도 몰랐다.

"얼른 네가 알아낸 거나 말하시지."

"스트레스가 많은가 봐. 잘난 부모 기대치 만족시키려고 하니 오죽하겠냐. 성적 떨어지면 아버지가 때리기까지 한대."

"그래서. 또?"

"뭘 그래서고 또야. 없어. 끝."

"네 말은 걔가 스트레스를 받아서 그러는 거란 말이지?"

"맞아."

모리는 수석의 말을 웃음으로 넘길 수 없었다.

"최수성!"

"무섭게 왜 그렇게 불러?"

당황한 듯 수석이 목소리를 줄이며 말했다.

"네가 말한 정진욱 얘기 아무한테도 하지 마."

"왜?"

"아무것도 모르는 사람들이 그 얘기 들으면 정진욱이 지은 죄에 관심이나 줄까? 우리나라 교육이 문제라고만 떠들 거 같은데."

"틀린 건 아니잖아."

"난 그게 싫어. 학업 스트레스 받는다고 전부 정진욱처럼 하는 거 아니잖아. 뭘 잘한 일이라고 사람들이 동정하게 해?"

"그, 그래. 알았으니까 그만해……."

수석이 말을 더듬으며 모리를 제지했다. 하지만 모리는 멈출 수 없었다. 진욱에게 사연이 있다고 해서 잘못이 저절로 용서되지는 않았다. 용서받아서는 안 된다. 모두가 납득할 만한 이유가 있다고 하더라도 리온이 베란다에서 뛰어내린 순간을 되돌리지 못한다.

전화를 끊고 모리는 사이터 말고, 검색엔진 사이트 야글에 검색해 보기로 했다. 다양한 키워드로 검색을 계속했다.

불법촬영물 사이트는 대개 비슷했다. 나체 사진과 신체 특정 부분을 적나라하게 드러내고 모자이크 처리한 것까지. 모자이크가 없는 사진을 보려면 회원가입을 하고 유료 결제를 하는 시스템마저 똑같았다.

그렇게 두어 시간이 흘렀을 무렵, 한 사이트가 눈에 띄었다. 개인이 운영하는 블로그였다.

그년 쩔던데. 내 취향이야.

어디 가면 더 볼 수 있지?

모리는 이런 곳은 처음이었다. 불법촬영물을 감상한 후기를 세세하게 적어 놓은 곳은 지금까지 보지 못했다. 모리는 게시글을 하나씩 읽어 나갔다. 피해자 신상과 사진을 올려놔 호기심을 자극했다. 모리를 더욱 놀라게 한 건, 한 번도 보지 못했던 리온의 영상이었다. 모리는 그 영상을 발견한 순간 진욱이 보내 왔던 톡이 떠올랐다.

'나한테만 있는 윤리온 사진과 영상이 있어.'

처음 올리는 자료야.

곧 죽을 년이니까 편히 봐.

신고할 사람도 없어.

영상 아래에 적힌 글을 보자 모리는 귓가에 경고음이 들리는 것 같았다. 불시에 습격당한 기분이었다. 그때 글 아래쪽에 링크된 인터넷주소가 눈에 들어왔다.

추격

모리는 손에 땀이 배었다. 화면 속에 진욱이 있다는 것이 느껴졌다. 목이 탔다. 얼음물을 마시고 싶었지만. 잠시라도 한눈을 팔면 녀석이 도망갈 것 같았다. 지체하지 않고 링크를 클릭했다. 링크는 디디그램의 한 대화방으로 연결됐다. 디디그램은 메신저형 SNS였다. 대화방에 들어가자마자 모리는 어지럼증을 느꼈다. 눈 뜨고는 볼 수 없는 말들이 오가고 있었다.

거기가ㅋㅋ

완전 내 취향이기야.

진욱이 흘린 흔적을 쫓다가 이상한 곳까지 와버린 것 같았다. 그렇지만 모리는 여기서 발을 뺄 수 없었다. 모른 척 나가

버리면 자신도 이 대화방에 있는 사람들과 다르지 않은 사람이
될 거라고 생각했다. 방관자도 칼만 들지 않았을 뿐 살인을 말
리지 않았다는 점에서 살인자나 마찬가지니까.

모리는 정신을 단단히 붙들고 대화를 지켜봤다. 대화에 참
여하는 사람들은 말끝마다 '~이기야', '~노'를 붙였다. '~툰
감', '~쓴'을 붙이기도 했다. 모리는 의심받지 않기 위해 그들
의 말투를 따라하며 호응하는 정도로 간간히 대화에 참여했다.

몇 분 동안 보다 보니 이 대화방은 대화만 하는 방인 것 같
았다. 진짜는 이곳이 아니었다. 자료를 보는 방은 따로 있는 듯
했다. 모리는 계속 대화를 주시했다.

> 또또방 사진 봤노?

> 우리 강간하겠쓴?

> 그래도 되기야. 사진 속 애들 일탈계 하는 년들이기래. 시키는 대로
> 하지 않은 년들이라고 마음대로 하라고 공지도 올라왔쓴.

> 걔 어느 학교 다닌다고 했노?

모리는 대화를 읽으며 숨이 막혔다. 그들은 강간이 마치 놀
이라도 되는 것처럼 이야기했다. 계속 이어지는 대화에서는 구
체적으로 여자아이의 이름과 나이, 학교까지 나왔다.

> 또또방 운영자는 나니까, 내가 첫 번째로 강간하겠쓴.
> 그게 상도덕이기야.

저 사람들이 본 건 무엇일까? 모리는 답답했다. 순간 이게 미끼라 것을 감지했다. 진욱의 흔적을 찾겠다고 왔는데, 지금 진욱은 잊고 그들이 말하는 자료에 집착하고 있었다. 하지만 기다리는 것밖에 방법이 없었다. 그렇게 시간이 흘러 어느새 새벽이 지나고 날이 밝아 왔다. 커튼 사이로 햇빛이 비춰들었다. 조급한 마음과 달리 디디그램 이용자는 점점 줄어들었다.

그날 저녁, 모리는 학교에서 돌아오자마자 디디그램에 들어갔다. 컴퓨터와 핸드폰 앱으로 동시 접속했다. 핸드폰은 캡처용이었다. 모리는 대화에 껴서 맞장구를 쳤다. 오늘도 헛수고할지 모른다는 생각에 시간이 갈수록 초조해졌다. 다른 방법은 없을까 머리를 굴리며 톡이 올라가는 것을 지켜봤다. 그때 공지가 떴다.

음란물 3개 보내면 **또또방**으로 입장 가능.

드디어 또또방에 들어갈 수 있는 기회가 생겼다. 모리는 디지털 장의사를 하면서 긁어 놓았던 자료 중 세 개를 골랐다. 그리고 또또방 운영자에게 전송하려는 순간 멈칫했다.

경찰서에 불려 갔을 때 디지털 장의사를 하며 모은 자료를 유포한다는 혐의를 받았다. 그때는 사실이 아니었다. 하지만 지금 마우스를 클릭 한 번이면 사실이 된다. 리온에 관한 불법 촬영물을 유포한 범인을 찾겠다는 의도가 자신을 범죄자가 되게 하는 것이다. 하지만 또또방을 들어가야 리온의 영상이 있는지 확인할 수 있을 테고, 그래야 진욱이 유포범이라는 흔적도 찾아낼 수 있다. 방법이 없었다. 모리는 손가락 끝에 힘을 줬다. 딱 한 번만 눈감으면 될 일이었다.

결국 손끝에 준 힘을 뺐다. 그리고 마우스에서 손을 뗐다. 김상욱 형사에게 도움을 요청하러 갔던 날, 돌아서는 모리의 뒤통수에 대고 김 형사는 말했다.

"혹여나 네가 잡겠다는 생각은 하지 말아라. 쉽지 않을뿐더러, 그 소굴에 잘못 들어가면 너도 똑같은 인간 되는 거야. 네가 아무리 정의로운 목적으로 행동했다 해도 성착취물을 소비한 건 사실이 되거든."

문득 김 형사는 모리가 이런 상황에 처하게 될 줄 이미 예상한 게 아닐까 하는 생각이 들었다. 미칠 것 같았다. 한 발 다가갈 때마다 장애물을 만나는 기분이었다. 그것도 두꺼운 철문 같은.

해리해리방에서 여자 자위 영상 예고하고 있쓴.

180

진짜 개꿀잼.

그들이 한참 새로운 영상 예고에 흥분하는 사이, 또 다른 공지가 올라왔다.

해리해리방 입장료는 100만 원입니다. 정말 싸죠?
연예인과 일반인 들의 믿지 못할 영상, 곧 개봉 박두!

백만 원이라고? 모리는 문득 이제까지 디지털 장의 일을 하면서 번 수익이 백만 원이었다고 김 형사에게 말했던 것이 기억났다. 헛웃음이 났다. 그때 연이은 공지가 올라왔다.

돈 없는 이들을 위한 징징방의 은혜!
목젖이 보이는 상태로 30초 동안 노래 불러서 남성 인증하고,
그걸 운영자에게 갠톡으로 보내면 입장시켜 주겠습니다.

드디어 기회가 왔다. 모리는 핸드폰 카메라가 목젖을 비추도록 위치를 맞추고 생각나는 노래를 불러 징징방 운영자에게 전송했다. 입장을 위한 암호는 금방 도착했다.

암호를 입력해 징징방에 들어간 모리는 접속 인원을 세다가 너무 많아서 포기했다. 징징방은 그야말로 미친 곳이었다.

침대에서 칼에 찔려 피 흘리는 여자를 보며 '예쁘다', '자기 스타일이다'라고 말하는가 하면, '흥분된다'고 하는 사람도 있었다. 여자 선생님의 치마 속을 찍은 사진도 아무렇지 않게 나돌았다. 여자아이를 변기 물에 세수하게 하는 장면과 초등학생 정도로 보이는 여자아이의 나체 사진도 있었다. 모리는 얼굴에 벌레가 기어 다니는 것 같았다. 자신이 남자라는 사실이 낯부끄러울 정도였다. 자신이 저지른 일이 아닌데 자신의 잘못처럼 느껴져 심장이 벌렁거렸다.

모리는 제정신으로 이 광경을 보고 있는 자신이 믿기지 않았다. 연거푸 마른세수를 했다. 한숨마저 말라 버렸다. 그 순간 핸드폰에서 알림이 울렸다. 모리의 핸드폰 전화번호 목록에 있는 사람이 디디그램에 접속한 것이었다. 하지만 징징방만 봐서는 그게 누구인지 가늠할 수 없었다. 모리는 징징방 접속자 목록을 띄웠다. 닉네임은 해피사패였다. 전화번호에 저장된 사람이 접속자 목록 상단에 뜨는 시스템이라 해피사패가 번호의 주인이라는 걸 알 수 있었다. 시궁창 같은 이곳에 자신이 아는 누군가가 있었다. 모리의 손끝이 차가워졌다.

모리는 해피사패가 누구인지 알아내기 위해 일대일 대화를 걸어 볼까 했다. 하지만 해피사패 핸드폰에도 모리의 전화번호가 저장돼 있다면 분명 그쪽에도 알림이 갔을 것이다. 그렇다면 모리의 닉네임도 확인을 했을지 모른다. 모리가 대화를 건

다면 해피사패는 반기지 않을 확률이 높았다. 그래도 누구인지 알아내야만 했다. 해피싸패가 진욱일 수도 있었다.

해피사패 닉네임을 노려보다가 진욱인지 아닌지만 확인해 보기로 했다. 모리는 핸드폰에 저장된 모든 전화번호를 백업했다. 그리고 진욱의 전화번호만 남기고 모든 번호를 지웠다. 진실은 싱겁게 드러났다. 해피사패는 진욱이었다. 접속자 목록 맨 상단에 해피싸패 닉네임이 그대로 남아 있었다. 그동안 진욱이 했던 일들을 봤을 때 놀랄 일은 아니었지만, 이 정도 수위의 대화방까지 드나들 거라고는 모리도 생각하지 못했다.

진욱은 모리가 징징방에 있다는 걸 모르는 듯했다. 해피싸패는 징징방에 리온의 자료를 풀었다. 재이의 사진도 올렸다. 징징방은 난리가 났다. 특히 리온이 자살 시도를 했다는 것과 최근까지 오디션 프로그램에 출연한 유명인이라는 것 때문에, 엄청난 호응이 일었다. 차마 읽을 수 없는 말들이 대화방을 가득 채웠다. 이곳에는 죄의식은커녕 윤리 자체가 존재하지 않았다. 무법천지였다.

모리는 입술을 있는 힘껏 깨물었다. 입술이 터지면서 비릿한 피 맛이 혀끝에서 느껴졌다. 번뜩 정신이 들었다. 차분하게 대화 내용을 하나씩 캡처했다.

아침이 되자마자 모리는 확실하게 증거를 찾기 위해 그동안 모은 진욱에 관한 자료를 이용해 인터넷을 뒤지기 시작했다. 야글 검색창에 진욱의 핸드폰 번호를 검색하자 디디그램 닉네임인 해피사패가 나왔다. 이 정도로는 부족했다. 유의어나 인타이틀(intitle)을 검색하면 더 많은 자료를 찾아낼 수 있었다. 또 나왔다. 다른 불법촬영물 사이트에 진욱이 올린 다른 여자들의 사진과 영상 들이었다.

더 많은 자료가 필요했다. 정확히 진욱이 했다는 증거를 찾아야 했다. 모리는 VPN으로 해외 서버에 접근해 검색하기 시작했다. 이렇게 하면 한국 IP에서 개인정보가 걸러지고 차단된 웹사이트를 해외 서버에서는 볼 수 있다.

드디어 닉네임 해피사패로 올린 리온이 샤워하는 장면을 찍은 불법촬영물을 찾았다. 모리는 빠르게 캡처했다. 모리의 눈빛이 반짝였다.

"정진욱, 넌 끝장이야."

그 순간 전화벨이 울렸다. 호랑이도 제 말하면 온다더니, 진욱이었다. 모리는 핸드폰을 가만히 보기만 했다. 혹시 진욱이 자신이 징징방에 있다는 사실을 알아채고 전화한 걸지도 몰랐다. 모리가 전화를 받았다.

"강모리 개새끼야. 너네 집 앞으로 가고 있으니까 나와."

"내가 왜?"

"내가 왜? 와, 이 정신 나간 새끼."

모리가 대꾸하려는데 진욱이 먼저 전화를 끊어 버렸다. 다시 전화벨이 울렸다. 이번에는 재이였다.

"나 너네 집 앞으로 간다."

"어? 갑자기 왜?"

"15분 뒤에 봐."

재이도 모리의 물음에 답하지 않았다. 모리는 두 사람이 작당이라도 한 건가 싶었다. 이제는 수석까지 전화를 걸어왔다.

"너 미쳤어?"

"뭔 소리야?"

"아무리 리온이를 돕는다지만 이건 아니지. 어떻게 정진욱이랑 똑같은 짓을 하냐? 합성을 얼마나 열심히 했길래 이렇게 감쪽같이 해?"

"무슨 소리야?"

"모른 척하지 마. 1학년 단톡방 얘긴 거 알잖아. 리온이 미톡으로 이런 짓 할 사람이 너 말고 누가 있어?"

"잠깐 기다려 봐."

모리는 통화를 하다 말고 미톡에 들어가 1학년 단톡방을 확인했다. 알림을 꺼놔서 몰랐는데 리온의 미톡으로 보낸 영상 하나가 도착해 있었다. 모리는 영상을 보고 놀랄 수밖에 없었다. 자신이 지나가는 말로 했던 말이 실제로 벌어졌기 때문이다.

영상에는 진욱이 침대에 앉아 자위하는 장면이 담겨 있었다. 얼굴이 정면에서 찍힌 것을 보니 노트북을 마주보면서 자위한 모양이었다. 손이 빠르게 움직이자 얼굴이 벌게지고 숨이 가빠지는 모습이 고스란히 담겨 있었다. 영상을 집중해 보던 모리는 깨달았다. 진욱의 자위 장면은 딥페이크로 조작된 것이 아니었다.

"이거 합성 아니고 진짜야. 그리고 내가 한 거 아니야."

"리온이 미톡으로 보냈는데 너 아님 누구야?"

모리는 직감했다. 진욱에게 이런 짓을 할 사람은 재이뿐이었다. 재이도 진욱도 이곳으로 오고 있었다. 모리는 컴퓨터 모니터를 들여다봤다. 깜박거리는 커서를 보고 있으니 여러 개의 폭탄이 한꺼번에 터지는 모습이 상상됐다. 끝이 다가오는 느낌이 들었다.

피해자답지 않게

재이는 지하철을 타러 가면서 모리에게 전화를 걸었다. 집 앞으로 가겠다는 말만 짧게 하고 끊었다. 역에 내려 뛰다시피 걸었다. 서둘러야 했다. 분명 진욱도 모리를 찾아갈 터였다.

며칠 전 재이는 진욱에게 다시 사귀어 달라고 가짜 고백을 했다. 예상대로 진욱은 지겹다는 표정을 지으며 거절했다. 조금도 망설이지 않았다. 자신을 좋아하긴 했냐고 재이가 묻자 이번에는 거들먹거리며 '내가 많이 좋아해 줬잖아'라고 말했다. 재이는 화가 치밀었다. 모리에게 작전이 실패했다고 전했지만 이대로 물러설 수 없었다. 다시 진욱을 찾아가 애원하는 척했다. 인터넷에 떠도는 자신의 사진을 지울 수만 있다면 뭐든 해야 했으니까.

"정말 안 돼? 네가 하라는 거 다 할게."

재이 말에 진욱은 고민하는 척했다.

"네 나체 사진 보내 주면 생각해 볼게."

재이는 속이 부글부글 끓었다. 마음 같아서는 진욱의 뺨을 후려치고 싶었다. 하지만 지금은 다른 방법이 없었다. 입 밖으로 꺼내지 못하고 속으로 온갖 욕을 해댔다.

아파트 앞 공원에 가까워지자 찬바람이 불어 왔다. 어디선가 헉헉거리는 소리가 들렸다. 공원 한구석에서 모리와 진욱이 싸우고 있었다. 지난번 학교에서 두 사람이 붙었을 때는 모리가 일방적으로 맞았다고 들었는데 지금은 상황이 달라 보였다. 두 사람 모두 얼굴이 엉망이었다.

바닥에 넘어졌던 모리가 비틀거리며 일어났다. 진욱은 그런 모리를 향해 달려들었다.

"그만해!"

재이가 두 사람 사이에 끼어들면서 두 팔로 진욱을 힘껏 밀쳤다. 진욱은 뒤로 살짝 밀려나며 주먹을 내렸다.

"넌 여기 왜 왔냐?"

"네가 올 줄 알았으니까. 그리고 네 자위 영상, 강모리 아니고 내가 보낸 거야."

"뭐? 이 년이 돌았나."

진욱이 재이에게 다가서며 한 손을 번쩍 올렸다. 재이는 눈을 부릅뜨고 진욱을 똑바로 쳐다봤다.

"그래 나 돌았다. 그러니까 리온이한테 그런 짓을 했겠지. 그럼 넌? 허세로 똘똘 뭉친 변태 새끼야! 너도 만만치 않아."

"네가 돌아도 단단히 돌았구나?"

진욱은 재이의 뺨을 세게 내리쳤다. 재이의 얼굴이 순간 획 돌아갔다. 뺨 주변으로 열이 몰려들었다. 잠시 멈춰 있던 재이가 똑같이 진욱의 뺨을 있는 힘껏 내리쳤다. 진욱은 입술을 씰룩거렸다. 그러면서 이번에는 주먹을 쥐고 휘두르려고 했다. 재이는 눈을 질끈 감았다.

"정진욱!"

재이가 눈을 떴다. 진욱의 주먹은 재이에게 닿지 않았다. 모리가 진욱의 팔을 붙잡고 있었다.

"이거 놔!"

"폭행죄까지? 좋네. 가중처벌 되면 나야 좋지."

모리가 비꼬는 말투로 진욱에게 말했다.

"시발. 폭행죄라고 했냐? 남이 자위하는 거 공개한 이 년 죄가 더 크지!"

재이는 실소가 나왔다. 잠깐 입장이 바뀌었을 뿐인데, 진욱은 이제까지 자신이 한 짓은 잊은 것 같았다.

"그만하라고."

"저년 죽일 거야."

"정진욱, 네 영상 다운받아 놨거든. 민재이 건드리면 인터넷에 뿌릴 거야."

모리의 말에 씩씩거리던 진욱이 살짝 움찔했다. 재이는 여전히 눈을 피하지 않고 진욱을 노려봤다. 재이가 봤을 때 모리는 흥분한 기색이 없었다. 학원에 찾아와 자신에게 증거를 들이밀던 때처럼 확신에 차 보였다. 혹시 다른 증거라도 잡았나 싶었다.

사실 재이는 진욱이 자위하는 장면을 찍을 생각은 없었다. 해킹툴로 들어간 노트북에서는 찾아야 할 것들이 없었다. 자위하는 걸 본 건 우연이었다. 밤늦게 노트북을 뒤지다가 진욱이 영상을 보면서 자위하는 모습이 캠에 찍히고 있었다. 재이는 기회라고 생각했다. 너도 당해 보라는 마음으로 바로 녹화를 떴다. 협박할 도구가 될 것 같았다. 그런데 모리가 확실한 증거를 잡았다면…….

"나한테 사과해."

"미친. 내가 너한테 사과를 왜 하냐?"

"사과하라고!"

재이가 소리쳤다. 그러나 진욱은 얼굴 한쪽 근육만 움직이면서 어이없다는 표정을 지었다.

"네가 정말 윤리온한테 미안하다면 죽겠다는 시늉이라도 해야 하는 거 아니야? 아무리 봐도 넌 피해자답지 않아. 피해자라면 고개도 좀 숙이고, 울고불고 해야지. 그런데 이딴 짓이나

해? 이건 피해자가 할 행동이 아니지. 물론 너는 피해자가 아니니까 이 지랄을 하는 거겠지만."

"너 진짜 답이 없구나."

"피해자라는 사람이, 내가 봤을 땐 전혀 피해 본 게 없거든. 그런데 내가 왜 사과해야 하지?"

진욱은 끝까지 사과를 거부했다.

"네 자위 영상이 단톡방에 올라왔을 때 기분이 어땠어?"

모리가 불쑥 끼어들었다.

"장난해? 죽고 싶었지. 그러니까 내가 가만 안 둘 거야. 너희 둘 죽여 버리든지 매장해 버리든 할 테니 두고 봐."

진욱이 으르렁거렸다. 하지만 더는 주먹을 휘두르려 하지는 않았다.

"그게 내 기분이야."

재이가 말했다.

"웃기지 마. 넌 스스로 옷을 벗었고, 난 해킹을 당한 거야."

"그럼 윤리온은?"

진욱의 말에 모리가 되물었다. 진욱이 움찔했다. 그러나 물러서지 않았다.

"윤리온도 똑같지. 관심받겠다고 지가 종이 쪼가리만 한 옷 입고 방송 나가서 나댄 거 아니겠어? 개도 너도 나한테 따지는 걸 보면 피해자답지 않은 건 분명하네."

진욱은 자기 대답이 만족스러운지 피식하고 웃었다. 재이는 그 비열한 웃음에 주먹 쥔 손이 떨렸다.

"정진욱, 그만 돌아가."

모리 목소리에 높낮이가 없었다. 진욱의 새된 목소리가 음험하게 느껴질 정도였다.

"단톡방 폭파해. 어떻게든 그 영상 당장 없애라고. 만약 그게 다른 곳에 퍼지기라도 하면 가만 안 있어. 윤리온 영상 찍은 범인이 너라는 거 신고할 거야. 그 증거 남아 있는 거 알지? 그리고 강모리, 너도 각오해야 할 거야. 디지털 장의사가 아니라 상습적으로 야동 뿌리는 놈이라는 거 내가 소문낼 거거든. 네 인생 끝장난 줄 알아."

재이는 진욱의 자만이 우스웠다. 작은 친절에 넙죽 넘어간 자신이 덤빌 줄은 상상도 못 했을 테니 말이다.

"네 마음대로 해. 나도 내 마음대로 할 테니까."

재이가 굳은 목소리로 또박또박 말했다.

"네가 마음대로 할 수 있는 게 있어? 내 영상? 그거 고소하면 끝이야."

"넌 그런 영상들 몇 배는 더 가지고 있잖아."

"너랑 나랑 같냐? 검사 아빠와 사업 망한 아빠는 달라."

"뭐라고?"

재이는 말문이 막혔다. 그러나 여기서 밀리면 끝이었다. 진욱은 재이의 마음을 알아챈 모양인지 한쪽 입꼬리를 올렸다.

"우리 서로 가진 걸 교환하면 어때?"

진욱의 제안에 재이가 눈썹을 치켜올렸다. 무슨 수작을 부리려고 하는 말인지 알 수 없었다.

"내가 너랑 윤리온 영상 있는 사이트가 어딘지 알려 줄게."

"싫은데."

모리가 재이 대신 대답했다. 그 순간 재이는 확신했다. 모리가 진욱을 이길 무언가를 가지고 있다는 것을. 그러니 더는 겁먹을 필요가 없다는 것을.

진욱이 눈이 튀어나올 듯이 두 사람을 노려보며 말했다.

"강모리, 너도 남자니까 남자 영상은 인기 없다는 거 알잖아. 내 영상은 단톡방에서 잠깐 시끄러웠던 해프닝일 뿐이라고. 그리고 인터넷에 올려 봐야 여자들 영상만큼 확산이 빠르지 않아서 삭제하기도 훨씬 쉬워. 이건 내가 밑지는 장사라고."

"밑지는 장사 아닌데."

이번에는 재이가 모리 대신 대답했다.

"지 분수도 모르고 까부네."

"그래 내가 진짜 까부는 게 뭔지 보여 줄게. 네 영상 잘난 너네 부모님한테 보낼 생각인데, 어때?"

진욱의 얼굴이 굳었다. 당황한 기색이 역력했다.

디지털 메모리

"됐어!"

모리는 검색창에서 인터넷주소를 복사한 뒤 미톡을 열어 여러 사람에게 링크를 전송했다. 그리고 윗옷을 챙겨 입고서 거실로 나왔다.

"어디 가려고?"

"다녀올 데가 있어요. 돌아와서 말씀드릴게요."

할머니 말에 모리는 미소를 지어 보이고 집을 나섰다. 그간의 일들이 스쳐 지나갔다.

아파트 공원에서 진욱과 재이를 대면한 그 날, 진욱이 돌아가자 모리는 재이에게 어떻게 된 일인지 물었다. 재이는 예전에 진욱이 원격으로 자신의 노트북을 봐주었는데, 그게 아직 연결돼 있다는 걸 알게 됐다고 했다. 그래서 리온의 노트북에 했던 것처럼 자기 메일에 보내 놨던 해킹툴을 받아 진욱의 노트북에 설치했고, 진욱의 영상을 녹화한 후 컴퓨터로 리온의 미톡에 접속해 영상을 올렸다고 털어났다.

리온의 미톡 아이디와 비밀번호를 알아내는 건 어렵지 않았다고 했다. 리온이 이전에 재이 컴퓨터로 미톡에 로그인한 적이 있었기 때문이다. 물론 비밀번호는 재이도 단번에 찾을 수 없었다. 몇 번 실패 끝에 리온이 자기 이름을 이용해 비밀번호를 만든다는 말이 기억났고, 혹시나 해서 해보니 로그인에 성공했다고 했다.

진욱의 영상을 유포하면 재이가 다친다. 재이가 리온에게 용서받을 수 없는 짓을 한 건 맞지만, 동시에 재이는 피해자이기도 했다. 모리는 재이를 설득했고, 진욱의 죄를 물을 확실한 증거를 찾았다고 전했다. 재이는 그제야 포기했다. 진욱의 자위 영상은 리온의 미톡으로 만든 1학년 단톡방을 폭파하는 것으로 해결했다. 얼마나 많은 아이가 그 영상을 다운받았을지는 알 수 없지만 말이다.

모리는 어느덧 버스 정류장 근처 꽃 가게에 도착했다.

"튤립 좀 사려고요."

"선물하시려고요? 여자 친구?"

"그건 아니고, 어쨌든 여자는 맞아요."

"꽃다발로 드릴까요?"

"네."

꽃 가게 주인이 빙그레 웃더니, 튤립 꽃다발을 만들어 줬다. 모리는 꽃다발을 들고 금방 버스에 탔다. 꽃다발이 시선을 끄는지 사람들이 한 번씩 모리를 쳐다봤다.

아까부터 미톡 알림이 계속 울리고 있었다. 집을 나서기 전 여러 사람에게 전송한 톡 때문일 것이다. 모리는 수석이 보낸 톡부터 확인했다.

> 야 멋지다. 이거 그 애 부모님이 보면 감동하시겠는데?

모리는 안도했다. 한동안 첫 의뢰인이었던 해연의 기록을 찾아다녔다. 이번에는 생전 행복해 보이는 사진과 영상만 모았다. 해연의 사진 속 같이 찍힌 사람들에게 메일을 보내 일일이 허락을 구했다. 대부분 흔쾌히 수락했다. 고맙게도 그중 몇 명은 해연과의 추억을 회고하는 자신의 모습을 영상으로 찍어 보내 줬다. 모리는 그 모든 걸 모아 '선우해연, 당신을 기억합니다'라는 이름의 디지털 메모리 사이트를 만들었다. 일종의 온라인 추억 기념관이었다.

모리는 예전에 해연의 부모님이 운영하는 돈가스 가게를 찾아간 적이 있었다. 해연의 디지털 장의를 위해 기록을 모을 때 부모님 정보를 수집해 둬서 가게의 위치는 알고 있었다. 막상 가게 앞에 서자 들어갈 수 없었다. 그들에게 할 말이 없었다. 괜히 긁어 부스럼을 만드는 것 같았기 때문이다.

리온의 일을 해결하자마자, 다시 해연의 부모님을 찾았다. 이제껏 말하지 못한 모든 진실을 전했다. 당신들의 딸을 아프게 한 것들은 모두 지웠으니 걱정하지 말라는 말도 덧붙였다. 해연의 부모님은 눈물을 감추지 못했다. 세상을 떠난 딸을 여전히 그리워했다.

모리는 그들의 소원을 들어주고 싶었다. 그래서 해연의 행복한 기억을 모아서 보여 주겠다고 약속했다. 오늘 그 약속을 지켰다. 마음의 빚은 덜어지지 않았다. 오히려 미안한 마음이 배가 된 듯했다. 해연을 극단으로 몰고 간 이들은 전과 다르지 않게 자기 삶을 살고 있었다. 모리가 그들을 찾아낸다 한들, 사과 받을 당사자는 이제 이 세상에 없었다.

버스 안내방송이 나오자 모리는 하차 벨을 눌렀다. 버스에서 내려 지도 앱을 켜고 목적지 방향으로 걸었다. 가는 길에는 집들이 드문드문 있었고, 지나다니는 사람이 많지 않았다. 길을 따라 걸으며 손에 쥔 새빨간 튤립을 봤다. 추모하는 꽃으로 적합해 보이지는 않았다. 튤립은 해연이 좋아하는 꽃이었다. 튤립처럼 특별한 사람이 되고 싶다는 글을 해연의 기록들에서 찾을 수 있었다.

드디어 커다란 대문이 나왔다. 모리는 잠시 당황했다. 수목

강모리　　디지털 메모리

장이라면 숲일 거로 생각했는데 그렇지만도 않았다. 한편에는 숲이 조성되어 있었지만, 다른 한편에는 묘목들이 일렬로 줄을 지어 서 있었다. 미리 사진을 찾아서 오지 않았더라면 헤맬 뻔했다. 모리는 핸드폰을 사진앨범에 저장된 나무 사진을 찾았다. 푯말을 하나하나 확인하며 숲 안쪽으로 들어갔다. 그리고 마침내 묘비를 찾았다.

모리는 '선우해연'이라고 적힌 사각형의 작은 묘비 옆에 튤립 꽃다발을 내려놓았다.

"늦었지만 미안해."

잠시 묵념을 올렸다. 묵념을 마치고 묘비 옆쪽에 앉아 그동안 있었던 일을 이야기했다.

모리는 김상욱 형사에게 진욱의 죄를 입증할 증거를 보냈고, 진욱은 체포됐다. 알고 보니 이미 디디그램의 또또방, 해리해리방, 징징방 등에 관한 대규모 수사가 진행되고 있었다. 시간이 흘러 김 형사는 모리가 건넨 자료들이 도움이 됐다고 감사 인사를 전했다. 그러면서 모리가 아직 성인이 아니라 아쉽다는 농담 섞인 톡을 보내 왔다. 이렇게 재능 있는 디지털 장의사와 함께 일할 수 없는 건 국가적 낭비라고 과장하면서. 모리는 김 형사의 말뜻을 알았다. 미안함이었다. 처음부터 말을 들어 주지 못한 것에 대한 미안함 말이다.

진욱은 기대만큼 죗값을 치르지 않을 모양이었다. 재판 중이었지만, 집행유예로 풀려날 듯했다. 디디그램 대화방의 운영자로 직접 나선 것이 아니라, 단순한 사용자였을 뿐이라는 것으로 죄의 무게를 낮춰 변호하는 듯했다. 학교에서는 진욱이 이번 재판이 끝나면 해외로 유학을 갈 거라는 소문이 돌았다.

모리의 생각은 달랐다. 자신이 찾아낸 기록만 봐도 진욱은 성착취물의 헤비 유저였다. 진욱은 한동안 자신의 노예가 될 여자아이들을 찾은 것처럼 보였다. 일탈계를 하는 여자들을 직접 찾아 나선 것을 보면 확실했다. 재판 과정에서도 진욱이 디디그램의 은밀한 단톡방인 '은톡방'에 자주 드나든 것으로 밝혀졌다. 리온과 재이의 자료를 유포한 것에 관해서는 아는 사람을 능욕하는 게 더 스릴 있어서 그랬다고 이실직고했다는 말을 들었다.

시간이 흐르면서 진욱은 더 높은 수위를 원했다. 갈증이 심해지자 희귀 자료를 찾아 움직였고, 결국 그곳에서 모리를 만난 것이었다. 모리가 해피싸패가 진욱이란 사실을 알게 된 그날, 진욱도 모리가 디디그램 대화방에 들어와 있단 걸 알았다. 경찰에 진술할 때 모리를 끌어들인 걸 보아 그랬다. 하지만 김형사에게 진욱에 대한 증거를 제출한 터라 모리는 경찰에 가서 진술하는 것으로 마무리 지을 수 있었다.

진욱이 검거되자 모리는 그나마 리온의 엄마에게 면목이 섰다. 리온의 핸드폰을 돌려받고 리온의 엄마는 하염없이 눈물을 흘렸다. 고맙다는 말과 함께 어른이 돼서 이런 일을 네게 맡겨 미안하다고 덧붙였다.

그동안 많은 변화가 있었다. 재이는 진욱이 연행되는 걸 보고 용기를 내 부모님에게 사실을 털어놨다. 모리는 약속대로 재이에 관한 인터넷 게시물을 지우려고 노력했다. 디지털 장의사를 그만둔 이상, 자신이 직접 할 수는 없었다. 무료로 상담해주는 곳에서 방법을 찾았다. 재이 부모님도 나섰다.

그러나 모리는 재이를 용서하지 않았다. 용서할 권리가 없었다. 용서는 리온의 몫이었다. 재이는 피해자이지만, 동시에 가해자였다. 재이가 저지른 일들은 합리화할 수 없었다. 재이를 동정하고 싶지도 않았다. 그건 학교 아이들도 마찬가지였다. 대부분 재이를 불편해하는 눈치였다. 대놓고 비난하지 않았지만, 전처럼 살갑게 대하지도 않았다. 누구라도 아무 일 없었다는 듯이 행동하기 어려운 상황이었다.

얼마 지나지 않아 재이는 학교를 그만뒀다. 자퇴서를 내던 날, 재이는 모리를 찾아와 "미안하고 고맙다"는 말을 남겼다. 모리는 냉담하게 "사과할 대상은 내가 아니라 리온이야"라고 말했다. 그렇게 끝이었다.

모리는 해연이 묻힌 곳에 우뚝 선 나무를 가만히 바라보다가 핸드폰으로 리온의 노래 영상을 틀었다. 노래가 흘러나왔다. 엄마 목소리와 정말 닮았다. 문득 모연이도 찾아야 하는데,

라는 생각이 들면서 눈가가 뜨거워졌다.

바람이 불었고 마음이 평온해졌다. 노래도 어느새 끝이 났다.

"또 올게."

모리는 곧 수목장 출구를 향해 걸었다. 그러는 중에도 미톡 알림은 쉴 새 없이 울렸다. 미톡을 열어 일일이 톡을 확인했다. 톡 하나를 읽다가 걸음을 멈췄다. 리온의 엄마가 사진 하나를 보내 왔다. 순간 모리의 눈이 커졌다. 사진 속 리온이 모리와 눈을 맞췄다.

"고마워. 정말 고마워."

두근대는 심장 박동을 느끼며 모리는 빠르게 걸었다. 할 일이 생겼다. 이제 남은 숙제를 마저 끝낼 수 있게 됐다.

디지털 장의사라는 직업은 2012년에 처음 알았다. 당시 나는 한 국과학창의재단에서 발행하는 인터넷 과학신문 〈사이언스타임 즈〉 객원기자로 활동하면서 '잊힐 권리'에 관해 취재하고 있었다. 잊힐 권리란 인터넷에 있는 자신과 관련된 정보의 삭제를 요구할 수 있는 권리를 말한다. 취재 과정에서 디지털 기록은 누군가에게 주홍글씨가 된다는 것을 알았다. 이 소재로 한 편의 소설을 완성 할 때까지, 우리 사회는 디지털 성범죄에 그다지 많은 관심을 보 이지 않았다.

그러나 곪고 곪은 고름은 고약한 악취를 풍기며 터지고야 말 았다. 추적단 불꽃이 쫓은 텔레그램 N번방 사건이 언론에 기사화 된 것이다. N번방 사건으로 우리 사회는 엄청난 충격을 받았고, 분노가 여기저기서 들끓었다.

나 역시 충격이 컸다. 내가 쓴 소설보다 N번방 사건이 더 소설 같았고, 더 끔찍하고 잔인했기 때문이다. 나는 다시 완성했던 소 설을 펼쳤다. 다시 읽어 보니 수박 겉핥기에 불과한 초고 수준이 라는 걸 깨달았다.

이후 소설을 대대적으로 수정했다. 모리의 쌍둥이 여동생을 찾는 '동생 찾기'에 집중했던 플롯을 피해자 중심으로 고쳤다. 여 러 자료를 찾아보면서 피해자의 마음을 더 이해하려고 노력했다.

단순히 '힘들겠다'고 하는 것이 아니라, 어떤 마음으로 힘들지 깊이 들여다보려고 했다.

소설을 쓰고 수정하면서 마음은 늘 조심스러웠다. 자칫하면 젠더 갈등으로 불거질 수 있는 이야기이기 때문이다. 처음부터 이 문제를 고민해서 모리와 재이의 시점이 맞물리도록 구성했다. 성착취물의 피해자는 누구든 될 수 있다. 그렇기에 여성과 남성, 모두가 함께 해결해 나가야 하는 문제라는 것을 부각하기 위한 설정이었다.

원래 재이의 이야기는 감출 계획이었고, 실제로 초고에서도 모리의 시점으로만 이야기를 풀어 갔다. 그러나 재이가 왜 그런 행동을 해야 했는지를 보여 줄 필요가 있었다. 이 부분을 수정하면서 나는 솔직히 더 독하게 재이를 몰아붙이지 못했다. 하지만 어쩌면 재이와 진욱에 대한 처벌이 지금 우리 현실이 아닐까, 라는 변명 아닌 변명을 해본다.

이제 이 소설은 내 손을 떠났다. 바람이 있다면, 내 책을 읽는 독자들이 좀 더 피해자에게 관심을 갖고 공감하려 했으면 좋겠다. 여전히 우리 사회에 만연한 성착취물이 줄어드는 데 저자로서《나를 지워줘》가 조금이나마 도움이 되었으면 한다고 기원해 본다.

도넛문고
01

나를 지워줘

초판 1쇄   2022년 3월 30일
초판 3쇄   2023년 8월 21일

지은이 이담

펴낸이 김한청
기획편집 원경은 차언조 양희우 유자영 김병수
마케팅 현승원
디자인 이성아 박다애
운영 최원준 설채린

펴낸곳 도서출판 다른
출판등록 2004년 9월 2일 제2013-000194호
주소 서울시 마포구 양화로 64 서교제일빌딩 902호
전화 02-3143-6478 팩스 02-3143-6479 이메일 khc15968@hanmail.net
블로그 blog.naver.com/darun_pub 인스타그램 @darunpublishers

ISBN 979-11-5633-450-7 44810
      979-11-5633-449-1 (SET)